JN202523

酒と莫迦の日々

高平哲郎

ヨシモトブックス

酒と莫迦の日々　もくじ

酒とバラの日々　4
とりあえずビール　7
燗酒と冷酒　10
日本酒オン・ザ・ロックに胡瓜スティック　13
飲み屋の突出し　17
肴かつまみかあてか　20
ホッピーの中と外　23
蕎麦屋の昼酒はたまらない　26
屋台のおでん屋の燗酒　30
焼鳥屋の儀式　33
寿司屋の緑茶割　37
ドライ・シェリーを知っていてよかった　40
ビアガーデンと言われてもワクワクしない　43
食後酒はマールかカルヴァドスか?　47
サイドボードのナポレオン　50
ハイ・ボールはかきまぜない　53
ドライ・マティーニといえば　56
ブラディ・メアリのトマト・ジュース　60

スクリュー・ドライバーはイヤらしくない 63
水割りに飽きてブランデー・ペリエ 66
ウオッカの瓶とヒッチコック 70
オーク・バーのフローズン・ダイキリ 73
シャンパンは飲みきれない 76
水割りにレモン 79
酒と怪我と想い出 83
初めて飲む酒 86
寝起きの酒はなにがいい 90
酒を飲まない人 93
酒のみ小説を書いた人が酒のみとは限らない 96
花見に酒はつきものだけど 100
スキットルの中身が変わった 103
西部劇の酒の飲み方 106
列車の中の酒 109
ウオッカの飲み比べ 112
気がつけば熱海 116
一杯で倒れた酒 119
日暮里馬生宅の酒 123
酔っ払って披露宴のスピーチ 127
酒を飲むといやらしくなる 130
血圧二一七に上げた酒 134
酒と煙草の関係 137
病室で副院長と鍋をやる 141
人生の壁にぶつけた酒 145
もう一杯飲んで帰ろう 148

酒とバラの日々

敬愛する赤塚不二夫さんの本で『酒とバカの日々』（白夜書房）がある。サブタイトルに小さく「赤塚不二夫的生き方のススメ」とある。ぼくが知っている赤塚さんの人生はまさに「酒とバカの日々」で、六〇年代後半から七〇年代半ばまでは「酒とバラの日々」だったらしい。

ぼくが赤塚先生と初めて話したのは、七〇年代の半ばの雑誌『宝島』でのインタヴューだった。もちろん酒の席だ。

親しくなってから先生は、

「俺、酒がないと恥ずかしくてしょうがないんだ」

と酒の席で言った。そこで昼間、喫茶店で会うときもビールを注文することになった。同じ頃、飲みながら、

「タモリとか高平とか、おれの一番貧乏な時代に会っちゃったからなぁ。もう数年早ければ、お前らももっといい思いが出来たんだぞ」

赤塚先生は、それこそぼくらに出会う数年前までは「酒とバラの日々」だった。ぼくらに会う一年ほど前、長く経理をしていた人に一億ほど横領されたのが発覚したが、一銭も取り戻せなかった。その結果、新しい

経理の人を気にして大判振る舞いは控え、ホステスのいる店などは年に一回か二回になってしまったのだ。それでもぼくらは赤塚先生と飲めるのが楽しくて仕方がなかったから、あまりバラの日々を羨ましく思ったりすることはなかった。

酒がなくちゃどうしようもなかった先生は、結局、酒が原因で亡くなってしまった。考えてみると、ぼくの人生も「酒とバカの日々」だった。中でも、先生と毎晩飲んでいた十年弱は、それこそ酒とバカばっかりの毎日だった。先生は、その前ほど酒や遊びにバカな金を使えなくなってしまったが、ぼくの周りはぼくを含めてバブルの恩恵を受け、七〇年代に比べるとずっと過ごしやすい環境にあった。そんな時代だったからこそ、バラもあって「酒とバラとバカの日々」だったのである。

バカと莫迦がどう違うのかはわからない。まあ、バラと薔薇の違いと似たようなもんだろう。馬鹿というのもある。三つ比べると、馬鹿はほんとの馬鹿で、片仮名のバカは言う方にも言われる方にも優しさがあるように感じる。で、莫迦はお釈迦さまの「迦」が入っているので、多分に仏教的な趣がある。実際、サンスクリット語からきているだとか僧侶の隠語だったなんてことが書かれている。表記も他に馬稼、破家、跛家などがあるらしいが、いずれも当て字だろう。ぼくがこの本のタイトルに、莫迦を選んだのは、馬鹿だと、山田洋次監督みたいだし、バカだと『天才バカボン』をはじめ、バカの神髄に達した赤塚先生には叶わない。『酒とバカの日々』というもっとも先生らしいタイトルの本まで出ているのだから、遠慮してバカは使わないでおこう。そうすると莫迦が出てきたわけで、この漢字の莫迦を持ってきたのには特に深い意味はない。どのバカだって本当はいいのである。但し、莫迦の意味は赤塚先生のバカの意味と同意である。

ばかの意味を三省堂の大辞林で調べてみると、明らかに赤塚先生やぼくのバカとは違う意味も表記されている。

○知能の働きがにぶい・こと（さま）。そのような人をもいう。↓これは違う。
○道理・常識からはずれていること。常軌を逸していること。また、そのさま。↓これは当たっている。
○程度が並はずれているさま。度はずれているさま。↓これも当っている。
○役に立たないさま。機能を果たさないさま。↓これも当っているなぁ。
○特定の物事に熱中するあまり、社会常識などに欠けること。↓これだって当ってるじゃないか。
○名詞・形容動詞・形容詞の上に付いて、接頭語的に用い、度はずれているさまの意を表す。
　↓これも当っている。


じゃあ外れているのは、最初の「知能の働きが鈍いこと」だけじゃないか。というわけで、三省堂を持ち出したことが莫迦だったと判明したのだ。

つまりは、馬鹿でもばかでもバカでも莫迦でもどうでもいいのである。ぼくが酒でどんな過ちを犯してきたか。どんな莫迦をやってきたか。どんな失敗をして来たか。どんな体験をして来たか。いずれも酒なんか飲まなければ起きたことではないのだ。酒を飲んだからこそ、ああいう莫迦をやってしまったのだ。バカの順位からいえば、到底赤塚先生には及びもしないが、莫迦をやらないで人生をやってきた人に比べれば、ぼくは十分すぎるほどの莫迦をやってきた。

ぼくが莫迦な日々を書き連ねるのは、反省ではない。少しでも敬愛する赤塚先生のバカに近づけたいという思いからなのである。

とりあえずビール

「日本の宴会で見られる慣用句。『とりビー』と略称される」とウィキペデアに載っていたけど、「とりビー」なんて言葉は使ったこともないし、あまり聞いたこともない。

行きつけの居酒屋に行けば、自然とこのフレーズが口から出る。夏はもちろんのこと、秋でも冬でも春でもそう言う。言わないと「飲み屋で飲む」という儀式が始まらない気がする。このフレーズを言わずにつまみを何にしようかと壁のメニューを見ていると、店の人が「とりあえずビールですか？」と聞いてくるから「そうね」と答える。店に誰かを連れてきたときも、相手にこのフレーズを投げかける。このフレーズを店のあちこちで聞くこともある。とにかく日本人は「とりあえずビール」なのである。

それは行きつけの店での慣用句だが、初めての店だと銘柄を聞くのが先になる。ぼくはある銘柄のビールを飲めない。だからその銘柄しかない店だと、メニューを見て緑茶ハイになる。緑茶ハイもなければウーロンハイになる。ここでほぼ今夜の飲みは失敗だったと気付く。飲むという気がそがれてしまった。とはいえウーロンハイでも三杯目になると、酒を飲むことより仲間と馬鹿話をしている方が楽しくなり、酒は会話の良き潤滑油になる。

実はある銘柄のビールしかない店という時点で、ほとんどの場合、その店の料理をはじめとするすべてに期待感がなくなってしまうのだ。何故その銘柄が嫌いなのかと言われると、これは「嫌いだからしょうがない」くらいしか答えようがない。

八〇年代、テレビのレギュラー番組の構成をしていたとき、担当のSディレクターと音楽担当のミュージシャンSさんが、かたくなにこの銘柄のビールを「あれはビールじゃないから」という理由で拒否していた。その二人と飲むことが多かったから、自然とぼくもその銘柄を飲まないようになる。

そんな習慣がついたころ、立川談志さんと飲みに行った店で銘柄を聞いて、安心してから「おれはな」とあの銘柄を出し、

「あれは飲めねえ。旨くねーから飲めねえんだよ。いや飲まない！」

と頼りになることを言ってくれた。

談志師匠のBS公共放送の番組を手伝ったときのことだ。打ち上げ場所がその銘柄のビールのチェーン店だったことに気づいたプロデューサーが、事前にADに「家元のお好きな銘柄」の瓶ビールを六本ほど買いに行かせて、その場をしのいだことがあった。

今世紀になって、あの銘柄のビールは絶対に飲まないと言っていたSディレクターが、その銘柄で数年前に出た少し高い新レーベルの名前を口に出して「あれなら飲めますよ」と言ったときには、折角築いた海辺の砂山が崩れていくような思いがした。そりゃないだろ。それでもぼくは、彼に影響されて出来上がった癖を治そうとはしなかった。「新レーベルでも飲まない」と固く心に誓った。

軽井沢に夏だけ出張する銀座の寿司屋があった。最初の年、銘柄を聞いて熱燗からスタートした。

二年目の夏、夏は暑いのだから店に入ればやっぱり「とりあえず生」と言いたくなる自分に負けた。いや生を飲みたいという渇望に負けたのだ。まだ店には、あの銘柄のビールは飲まないことを言ってはいなかった。ぼくは黙って目の前に来たあの銘柄の生ビールを飲んだ。暑い夏なんだから、いちいちビールの銘柄なんて言っていられない。生だよ。生なら何でもいいじゃないか。ぼくは、その大き目のグラスでうまそうに泡を立てるそいつを一気に飲んだ。一気に飲めば喉ごしは生ビールだ。それで充分じゃないか。でも、飲み終わって嫌いなあの銘柄のビールの後味を感じた。この後味こそが嫌いな原因なのかもしれない。ゲップも嫌いな銘柄の臭いがした。そこでおもむろに「熱燗下さい」と言って、我慢が出来なかった自分の本来のスタイルを慌てて取り戻した。それでも、その夏何回か行ったその寿司屋で、ぼくは毎回とりあえずあの銘柄の生を飲んだ。

三年目の夏。馴染みになったその店で、馴染みになった店長に、「とりあえず生」を飲みながら、他の店ではこの銘柄のビールだと絶対に飲まないという話をすると、「お好きなビールは？」と言われて自宅で飲んでいる銘柄を答えた。その次に行ったときからぼくの好きな銘柄のキンキンに冷えた小瓶が出てきた。あの嬉しさはなかった。遊郭で初めて行った店へ二回目に行くことを「裏を返す」という。三回目になると馴染みだ。夏だけの寿司屋は二年目で裏を返して、三年目で馴染みになったということになる。

なんでもいいから黙って飲みゃあいいじゃないか。時々そう思う。思うのだが四十年近く守ってきた、ぼくのこだわりを続けてみようとも思う。こだわるってことは、酒のみにとって大事なことのような気もする。こだわらないで、酒なら何でもいいという考えが高じるとやがてアルコール依存症になり、ついにはアルコール中毒者になるしかない。ビールの銘柄にこだわっているうちは、症にもならないで済みそうだ。

燗酒と冷酒

燗酒か冷かという前に、ぼくはまず冷をほとんど飲まないことに改めて気付く。寿司屋や蕎麦屋や和食屋では、「とりあえずビール」の後は熱燗を注文する。それも二本までその後は焼酎にする。

蕎麦屋で冷をやっている人や、居酒屋で座った途端に一升瓶で注がれるコップを無心に眺めている常連を見るたびに、本当に酒が好きなんだと羨望の瞳になる。あの心境には達せない。自称酒のみであるぼくは、ものすごく後ろめたさを感じる。

蕎麦屋の冷の客は蕎麦味噌で冷を飲み終えると、すでに来ているざるに乗った蕎麦に残った酒を少しだけかけ、あっという間に平らげて勘定を払って出て行ってしまう。あの蕎麦、伸びてたじゃないかという疑惑を抱く間さえなかった。いやー見事と感心させられる。蕎麦屋のこの手の客が熱燗を飲むところをあまり見たことがない。ぼくはその手の客じゃないので熱燗を飲む。

吟醸だの大吟醸だのが、ちょっとの期間流行ったのは九十年前後だった。あの頃は、冷した小奇麗な四合瓶に入った大吟醸を一本頼んで、「とりあえずビール」の後にありがたがって飲んだものだ。日本酒は体に合わなくて二日酔いになることは黙っていて、早々と店を替え、バーか自分のブランデーを置いてある店で、ブランデーのソーダかペリエ割で帰るまで過ごしていた。

さらに、その二十年ほど前に冬場のテント芝居に二人で出かけた時、魔法瓶に熱燗を入れて持参したことがあった。あれはあれで正しくリーズナブルな行為だったと思う。芝居も中盤に差し掛かった頃、おもむろに魔法瓶の蓋を開け突然カップの役目を発揮してみせた蓋を連れに渡す。あの時の蓋は二つ付いていたので、もう一個のほうに自分の分を注いで、そっとカップを合わせてから熱燗をすする。飲んだ心持を五臓六腑に浸みわたるという。志ん生の落語に酒を飲んだときの表現を「酒がどけどけっと喉を通って胃袋に行く」というのがあった。熱燗の酒が体中に回っていくあの感じ、あれが酒が胃に浸みるたまらなさなのだ。

いい日本酒は冷で飲むと相場が決まっているようだ。小洒落た蕎麦屋で日本酒のメニューを見ると、飲まない癖に上手そうな名前がずらっと並んでいるのを確かめる。さて、熱燗となると……大抵の店では、熱燗は熱燗しかない。熱燗と書いた下に二、三銘柄が書いてあったりする店は少ない。店のほうで、「甘口ですか辛口ですか」と聞いてくれることもある。そういうときは辛口を頼む。熱燗としか書いていない店で、頼んだ熱燗が甘ったるくてたまらなかったなんてこともままある。

要するに、そんなに日本酒は好きではないのだ。ただ、寿司屋や蕎麦屋や鰻屋では、日本酒を頼まないとなんだかおさまらないのだ。これはスタイルというか、格好をつけるというかという問題ではなく、熱燗が寿司のつまみや蕎麦屋の蒲鉾や卵焼きや焼鳥や鰻屋の肝焼きになくてはならないからだ。こういう熱燗は旨いと思って飲んでいる。

だが、やっぱり日本酒とワインは必ず悪酔いする。聞けば、二つとも醸造酒だからだと言われた。ビールもそうだと聞いたが、ビールで悪酔いした経験がないのは、ビールは最初の一杯か一瓶だけだからだろう。そう考えてみると、酒が自動販売機のビールしかなかったなんて安ホテルに泊まらされた時のことを思い出すと確かに悪酔いしている。

ウィスキー、ブランデー、焼酎で二日酔いが少ないのは蒸留酒だからと同じ人間に言われた。そうか、ぼくがワインや日本酒に弱いのは体質的に醸造酒に弱いんだと悟り、一緒に飲んだ相手に聞かれるたびに「醸造酒が体に合わないんだ」と言っていた。これは、正しい説かどうかは定かではない。だいたい響きからでも醸造より蒸留のほうが清々しい。発酵よりずっと手が入っている。

落語に出てくる酒は冷が普通である。『親子酒』『禁酒番屋』『蝦蟇の油』『試し酒』『猫の災難』、どれも痛などつける間も惜しい酒のみの話だから冷と相場が決まっている。『二番煎じ』で鍋を突きながら、夜の見回り当番が「これは風邪の煎じ薬だ」と言って飲む酒は熱燗のような気もしないでもない。

熱燗が主役と言えなくもないのが『夢の酒』だ。夢で酒を勧められて燗をつけてもらう。

「お燗が着くまで、冷酒で召し上がったら」

と言われて「冷酒でしくじったのでお燗しかやりません」と言っているところで起こされる。落ちが、

「惜しいことをした……冷でもよかった」

冷でもなんでもそれしかなければ仕方のないときもある。日本酒の一升瓶しかない友だちの部屋で、仕方がないから冷で飲む。自動販売機で缶ビールしかなかったホテルでの真夜中の宴会を思い出す。カップ酒を見つけてビールは止めて、それを何杯か飲む。その結果ビールだけで通した晩と同じように、朝は頭痛で悩まされるのだ。醸造酒は体に合わないのだ。冷だろうと燗だろうと。

日本酒オン・ザ・ロックに胡瓜スティック

七〇年代の後半、ニューヨークで日野皓正さんに案内された寿司屋があった。五十数丁目のエイス・アヴェニューを渡った角の店だった。座ってすぐにビールを頼むと、日野さんは「酒マティーニ」と頼んだ。すぐに、

日本酒のオン・ザ・ロックに胡瓜のスティックが刺さったグラスが出てきた。不思議な顔をしてみていると、

「ぼくのね、アメリカ人の弁護士が考えたんだよ。日本酒のオン・ザ・ロックに胡瓜のスティックを入れて、酒マティーニって名前まで付けたんだ。飲んでみる?」

と渡されたグラスに口をつけると、これが何ともさわやかな香りがして、くっと日本酒が喉に通っていく。

「旨いでしょう」

日野さんは自分の分として同じものをもう一つ頼んだ。

「不思議だよね。胡瓜なんだけどメロンみたいな香りがするよね」

確かにメロンの香りだ。

「この胡瓜は食べちゃうの?」

「食べても食べないでも、そのまま差しておいてもいいんだ」

その晩、最後までその店では酒マティーニで通した。冷もオン・ザ・ロックも苦手なのに、胡瓜を入れただけでこんなに飲み易くなるのか。まさに日本酒開眼というような晩だった。ここの酒の銘柄を聞いて、むやみに甘くて普段は絶対に飲まない酒だということが分かった。胡瓜は甘過ぎてまずい酒もうまい酒にしてくれるのだ。もちろん、翌朝はひどい二日酔いに悩まされている。

帰国して自宅でこれをやってみた。中々いい。遊びに来た友人に早速勧め、友人も「うまい!」という反応に、得意げにこの酒の飲み方の由来を話した。その晩も二人で何杯も飲んだ。胡瓜のスティックは、いい

ことがある。鰻重の他に壁に貼ったメニューには、ひじきと切り干し大根しかない。なぜなんだ？　なぜぼくの嫌いなものが二品並んでいるのだ。他につまみはないのか。白焼きも肝焼きもない。うざく、う巻なんてもちろんない。幸い鰻の焼けるいい匂いが、この絶望感を救ってくれた。そして鰻重と肝吸いは、めったに食べられないほど旨かったのだ。

行きつけの居酒屋の突出しで好きなのは、ポテトサラダ、山芋の千切り、ピリ辛もやしなどがある。切り干し大根とひじきほどではないが、野菜の煮物やマグロ煮やアジの南蛮漬けとかに出てこられると、ぼくの場合飲むというこれからの行為を邪魔されているような気がしてしまう。こういう突出しなら出てこない方がましだ。この気持ちが、多くの人に頼みもしない突出しをなぜ出すんだという疑問を抱かせるもとになったのだろう。で、ポテトサラダはメニューにもある。メニューにあるものを突出しで出すというのは、こっちにしてみりゃ得した気もするのだが、単品で頼もうと思っていただけに、こんな少ししか食べられないのかと少しばかり残念な気も混じる。

昔は、塩豆、バターピーナツや殻付き南京豆、さきいかといった乾きものを出す店があったが、最近はピーナツが高いのでまず出てくることはないだろう。ビアホールの突出しに多かった塩豆、いまでもああいうところで出てくるのだろうか。なんだか塩豆に久し振りに会ってみたい。

行きつけの居酒屋のカウンターに座ると、いつものように突出しが出てくる。

「とりあえず生二つ」

友人と二人だが、いつになく話が弾んでいる。やってきたビールのジョッキもあっという間に半分飲み干している。何気なく、突出しに目が行った。さきいかとピーナッツだ。ずいぶんオーソドックスだな。いつも手をかけた突出しが出るのに、今夜は手抜きかな。そう思って、話しながらさきいかを手で摘まむ。ヌルッとした。なんだこの感触は？　ぼくはまだ話しながら、眼鏡をかけて突出しに目をやった。さきいかとピーナッツではなかった。突出しは豆付きもやしだったのである。

肴かつまみかあてか

酒のあてという言葉を、日常で使っている人に会ったのは今世紀になってからだ。酒の肴、酒のつまみは日常的だったが、この酒のあてには非日常性を感じた。

つまみという場合、焼鳥屋に行って食べる焼鳥はつまみなのだろうか。あくまでも焼鳥を食べに来たのだから、あれはメインだろうと思う。つまみというのは、メインからずっと離れたところにあるついでみたいなものなのじゃないだろうか？

でも、その店が焼鳥もある居酒屋になると少々ややこしいことになる。焼鳥もあるし、卵焼きもセリのお浸しもあるし、餃子もあるし生姜焼きもアジフライもメンチもハムカツも焼き魚も茄子の一本漬けもあれば、

エビ焼売に鰻の兜焼きまであったりすると、
「つまみはなににする？　俺、餃子と……兜焼き」
「俺は……焼き魚、今日はなに？　かます？　じゃそれひとつ……待って、アジフライのほうがいいや、アジフライ。それとメンチ！」

こういう会話になると、居酒屋のメニューすべてがつまみということで納得する。

この場合、蕎麦屋を考えてみると分かり易い。店に入った途端から、最後は蕎麦で締めるという暗黙の了解がある。となると蕎麦に行くまではすべてつまみといって間違いない。板わさ、卵焼き、海苔、この辺が蕎麦屋のつまみの主流になる。焼鳥を置いてあるところもある。ここの焼鳥は分かり易くつまみである。メニューに蕎麦がきがあったりすると、これもつまみで食べたくなる。

おつまみというと酒の肴というより、スナックに分類される気がする。おつまみスナックと書いたあられや品川巻が入ったのを飛行機で配られたりする。「おつまみはなんにします？」と京都訛りが残る着物の似合うおかみさんに言われると、スナックっぽさは全くなくなる。「何がおいしい？」と聞き返したくなる。

つまみ枝豆という人がいるがこの人は一年中だが、本来枝豆は夏である。ところが冷凍が出回るようになってから当たり前のように、メニューにある。ニューヨークに行っても、和食屋には一年中枝豆がある。日米問わずにいい和食屋か単なる居酒屋かの差は、一年中枝豆があるかないかにかかっている。あの冷凍枝豆ほど腹立たしいものはない。冬場に枝豆を三つ四つ小皿に乗せて出す突出しがあるが、あれは思わず食べてしまうが、季節じゃない枝豆をわざわざ頼もうとはしない。悔しいのはそろそろ枝豆の季節だなと思っている時期に、初めての店で枝豆のメニューを見て思わず頼んで出てきたのが明らかに冷凍ものだったときだ。考えてみれば、こんな学生向けの居酒屋で茹でた季節ものの枝豆を出す筈がない。そこに気づくと、こんな店に入ってしまった自分を呪ってしまいたくなるのだ。

ご飯に良くって酒のつまみに良いという食べ物は旨いものが多い。ちょっと辛めに炒めた砂肝なんかもいいし、西京漬けなんてその最たるものかもしれない。銀ダラの西京漬けとメニューにあると迷わず頼んでしまう。これが紅鮭やさわらの西京漬けだったりするとちょっと躊躇した後に諦めて頼むか、最初から眼中に置かないようにする。やってきた西京漬けの紅鮭を一口喰って「ああ銀だらだったらいいのに」と思うくらいなら初めから頼まなきゃいい。これは意外に学習しなくて、西京漬けの名に負けてつい頼んでしまう。だいたいやってきた銀ダラじゃない魚の西京漬けを食べて、うん、これは旨いと思った記憶がないのだ。余計だけど、甘すぎる西京漬けも嫌だな。あれはご飯のおかずにもならない。

初めての店でメニューにあると、思わず頼んでしまうものは結構ある。ぼくの場合、西京漬けと茄子の一本漬け、メンチカツ――このあたりは迷わず頼んでしまうつまみだ。ジュンサイ、からすみなんかも値段を見た上で頼んでしまうことも多い。ハムカツも捨てがたい。でも、ハムはあくまで薄くないといけない。レバカツのレバーが薄いから、レバカツと言えるのと同じだ。厚切りハムカツなどという邪道のメニューを見るといらだたしくなる。でも、なんとなくうっかり頼んでしまう。

時たま、ばくらい（莫久来）に出会うが、これも文句なく頼んでしまう。ホヤとこのわたで作った珍味だが、これは東北出身だ。ぼくも三十年程前にもらって初めて知ったのだが、これがたまらない。このわたを頼んだ時と同じで、小鉢にあらまァこんなに少しと盛られるくらいの少量で、イカの塩辛の何倍ものの値を取る。でも、これがいい。これがある飲み屋に出会うと、急に他の物まで美味しいに違いないと思い込まされる。銀ダラの西京漬けは、甘くてもまあこういうものだからと納得してしまうことが多いが、メンチに至っては出来不出来が多過ぎる。とんかつ屋のメンチを期待している訳じゃないが、芋だかメリケン粉ばっかりのメンチに出くわす。コロッケ？　これにはがっかりする。こういうのをあてがはずれるというのだろう。

ホッピーの中と外

ホッピーは、戦後すぐに売り出された商品名だ。ビール味の炭酸飲料で、焼酎で割って飲む。ビールが高かった頃の、いわば安く飲めるビールだと思えばいい。家で飲む酒というより店で飲むものだ。ぼくが、よく飲み屋で出会うようになったのは九〇年代だ。その頃すでに名前だけは知っていたと思うが、よく飲むようになったのは今世紀になってからだ。いまでは、ホッピーのある店では積極的に頼んで飲んでいる。黒ホッピーがあればなおいい。

昔、焼酎というのはかなり下のほうの酒で労働者の酒と言われていた。ぼくが酒を飲み始めた六十年代半ばも、焼酎の安さは知っていて、ぼくらが飲むものではないと思っていた。焼酎が芋だの麦だのと言われるずーと前だ。小中学生の時、遅い電車で信じられないくらい臭い酒の息を吐く酔っ払いがいた。あれは、焼酎を飲んでいるから臭いんだと父が教えてくれた。だから、芋だの麦が台頭するまでは、焼酎は臭いものだと思っていた。韮、大蒜、葱、ラッキョは食べた後、口が臭くなる代名詞だが、あの頃そこに焼酎を加えたい気持ちが生れた。あの焼酎を家で見るのは、夏場に母親が梅酒を作る時だけだった。大きな広口瓶に青梅をたっぷり入れ、その上に氷砂糖をこれまたたっぷり入れる。そして焼酎の一升瓶を注ぐ。その一升瓶が大型のペット・ボトルに変わった頃は、白い酒という英語名が付いたりして、焼酎というのが少し市民権を得たのだという気がした。あれは甲類で、アルコールそのものだということも知った。

そういうわけだから、初めて飲んだ焼酎というのは正式には梅酒ということになる。焼酎だと意識して飲んだ最初は、白波——芋焼酎だ。七十年代後半、赤塚不二夫さんと毎晩のように飲み始めて何年かしてだ。当初はウィスキーの水割りだった。まだ水割りが主流で、バーやスナックでボトルキープが普通になった頃、ほとんどの店ではそのウィスキーはサントリーの角かオールドだった。

赤塚さんが「今日から焼酎の番茶割に決めた」と宣言したその日から、飲みだす店と決まっていた新宿二丁目の「ひとみ寿司」で飲む酒は、白波と魔法瓶に入った番茶で割る番茶割になった。最初はビールでも、主流はこの飲み会の常連も誰かが連れてきた新人もみんな番茶割になった。初めて飲んだときは、その臭いに困惑した。それでも先生が黙々と飲むので、半分は我慢をして飲み始めた。三杯目には旨いと思いだす。これで完全に焼酎入門に成功した。今、毎晩飲んでいる麦焼酎を飲んだことさえなかった頃だ。白波の「6：4（ロクヨン）のお湯割り」のCMがテレビで流れたことも、世間で焼酎を飲みだすはずみになったのかもしれない。

赤塚先生の番茶割を飲むきっかけは、唐十郎さんに赤テントを寄贈したときだ。その最初の公演が博多だったことで、先生は毎晩番茶割を飲んだ。その習慣を「ひとみ」に持ち込んだ。つまみのキャベツもこの頃から始まった。この寿司屋には先生たちと飲んだ約十年、寿司は数えるほどしか摘まんでいない。同じ経営の隣の店から焼きトンを取ることはたまにあっても、つまみの主流はキャベツだった。千切ったキャベツに塩と胡椒を混ぜたものをつけて食べる。先生は飲み出す前に、この胡椒塩を自分で作る。まず皿に味塩を振ってこんもりさせ、それに胡椒を加え、割箸でかき混ぜる。これで出来上がりだ。

キャベツに焼酎の番茶割――赤塚先生の毎晩の宴会に初参加した人たちは、きっと戸惑ったはずだ。豪華な料理が並び、ウィスキー、ブランデー、日本酒の瓶が並び酒池肉林……そんな想像をしていた人の方が普通だと思う。

焼酎の番茶割は、この店でしか飲まなかった。二軒目になる近所の「アイララ」では、相変わらずオールドの水割りだった。

八十年代後半、先生と毎晩飲む習慣がなくなって、焼酎とも縁がなくなった同じ頃、今考えればささやかなブームだが日本酒ブームがほんの数年続いた。そして、いつの頃からか麦焼酎を飲むようになり、気がつけばボトルキープのほとんどがいいちこになった。

焼酎の梅割りというのがある。梅干しではない。焼酎に梅ジュースか梅酒を入れるのだ。これは昔からあった安く酔える酒だった。雑誌で知った旨いモツ煮の店で粋がって三杯飲んで頭痛に悩まされたことがあった。

正確に言うと、梅酒や梅割りやホッピーの焼酎は甲類で、芋や麦は乙類になる。缶酎ハイは、甲類に決まっている。ぼくは、新幹線では飲む。甲類は頭が痛くなると信じて、店ではお茶割でもなんでも乙類にする人もいる。ぼくも自宅以外でそうするときもあるが、基本的に緑茶ハイと書いてあれば甲類と知っても飲む。

で、ホッピーの外と中だ。外は瓶入りのホッピーそのものを指し、中は甲類の焼酎だ。最初に出された甲類のオン・ザ・ロックのジョッキにホッピーを注ぐ。少し飲んで濃いのでもう少しホッピーを入れる。

やがてジョッキは空になる。ここで「中一つ」と頼む。その度にホッピー通になったような気がする。中を二杯ほど注文すると外がなくなる。「外一本!」とこうなる。「中下さい」「外下さい」こんな言い方はホッピー以外にない。それだけにホッピーはエライと思うのだ。

蕎麦屋の昼酒はたまらない

娘婿は髙平家の養子になった。もともと娘一人で、最初の孫が男の子。これで髙平家は存続することになった。

まだ二人が結婚する前だった。娘が婚約者の姓にくんをつけて、

「……くん、蕎麦屋で昼酒を飲むのが夢なんだって。連れてってあげて」

まだ二十代のこの男の世代もそんなことを考えているのか。なんだか嬉しくなった。もちろん連れて行ってやった。そして、ビールだけでと遠慮する新しい倅に熱燗を無理に飲ませた。

蕎麦屋の昼酒。これは、蕎麦屋だから許されるような気がする。寿司屋の昼酒、鰻屋の昼酒、てんぷら屋の昼酒となんでもござれだが、やはり昼酒のいちばん似合う場所は蕎麦屋に違いない。

昼の三時頃、小上がりで卵焼きと熱燗をやりながら、外を眺めて思わず口から出るのは、

「なんだか正月みたいだな」

そう。昼酒が唯一許されたのはお正月の三が日だった。

麹町に日本テレビがあった頃、近所に旨い蕎麦屋があった。各週金曜土曜で番組を二本撮ることになっているので、土曜の昼は蕎麦屋に行くことが多かった。ここで番組のGプロデューサーはビールを頼む。ぼくと酒のみの音楽担当者は、これに付き合う。Gさんは「熱燗つけて」と頼んだ熱燗をコップでやりながら、ビールをチェイサーにしていた。

そもそも昼にビールを飲むのは日常だと教えてくれたのは、新卒で入った広告代理店の制作のTグループ

のグループ・ヘッドのTさんだ。一緒に行くと、時たまビールを注文する。混んでいるとんかつ屋や餃子屋では遠慮するが、社のある小学館ビルの近所の如水会館のレストランでは必ずビールを頼んでいた。これにぼくも相伴した。コップに二杯ほどのビールで、会社に一時過ぎに戻る。ほろ酔い機嫌であると同時に、さらに大人になった気がした。学士会館に連れて行かれ、いきなりビリヤードが始まったこともあった。Tさんは「ビールとカツサンドふたつ」と頼んだので、ビリヤード中に昼食をすますのだと分かった。社を出たのが十一時半、帰ったのが一時半だった。さらに大人になった気がした。

会社が外資系だったのでTさんが、外人上司と昼食をとるときに、ビールやワインに付き合うようになったのが、この人の昼ビール習慣になったのだろう。ぼくの昼食時ビール習慣もこの時生まれた。

この会社を辞めて雑誌を始めるのだが、この頃もまだ昼ビールの習慣はなかった。やはりこの習慣が固まったのはその雑誌も止めて気持ちがフラフラしていた時期だ。休みの日、昼に近所の中華屋に行けば、「とりあえずビール」と頼んで、その後で餃子とレバニラかなんかを注文した。注文しながら傍らのスポーツ紙を開く。これこそ昼ビールの醍醐味！

そのうち休みの日でなくとも、昼食に小瓶は普通になってしまった。今日は止めておこうと思っても、豚カツを注文してから出てくるまでの間が持たないので、つい「ビール下さい」といってしまう。小瓶なんかない店の方が多い。大びんも昼から飲むようになる。暑い夏だったら生ビールの文字を見て黙っていられるわけがない。

昼ビールは度を過ぎない。ビールが二本になったりジョッキをお変わりすることはない。あくまでも、昼ビールは昼食のお供なのだという線を崩しはしなかった。それが蕎麦屋で狂った。

知合いの葬式を終え、ぼくらはGプロデューサーに誘われて赤坂の「砂場」に行った。ここは赤坂で生まれ育ったGさんの子供の頃からの馴染みだ。奥の畳に腰を下ろすなり、「ビール二本と熱燗一本！」——例のが始まった。この後に仕事がなかったぼくは、上着を脱いでネクタイを外し、「よーし、行くぞ」という気になる。葬式帰りだから昼酒も許されると勝手に決めつけた。そして、

「おちょこもう一つ下さい」

これが、ぼくの蕎麦屋昼熱燗の始まりだった。その後、Gさんらと葬式帰りに二、三度同じ店で同じように飲んだ。Gさん本人の葬儀の後も、何人かのスタッフでこの蕎麦屋を訪れた。顔馴染みになった店のおばさんに、Gさんが亡くなったことを伝えた。半分はそれが目的だった。

明るいうちに熱燗をやるのはどこか背徳感がある。そこがいいのかもしれない。窓から見える景色は昼だ。飲むうちに外が暗くなってくる。ちょっぴりGさんを思って感傷的になる。

九十年代、家から歩いて行ける距離に旨い蕎麦屋を見つけた。だがここは、職人が変わるたびに蕎麦の量が増えたり減ったりする。もちろん蕎麦の味が落ちることもある。自然と、ここから遠のいて、その手前に新しくできた蕎麦屋に行くようになる。土曜日は読みかけのミステリーを読みながら、一人で昼熱燗を楽しむようになる。まずは生。そして熱燗一本。もちろんこれで終われない。すでに、蕎麦焼酎のボトルと氷と

そば茶が用意されている。さてと飲むか。帰ってそう、あとは寝るだけ。

屋台のおでん屋の燗酒

銅やアルミでできた筒をそのままおでん鍋に入れ、温める容器のことを正式にはなんというか知らなかったが、ちろりというらしい。銚釐とか地炉裏と書く。あの熱燗をつける銅の容器が欲しくてたまらなかった。七十年代の初任給が四万八千円の頃、カミさんと行った京都で見つけた。二合入りのちろりは一万円以上したが思わず買ってしまった。その後、何度かの引っ越しでなくしてしまい、今世紀に再び買おうとしたら三万以上したので諦めた。

最初の顔見知りになった屋台は、高円寺の北口にあった。大学浪人中から義兄と時々行くようになる。十二時過ぎると、道路沿いのぼくの部屋の窓を叩く音がする。同じ高円寺に住む義兄が、飲んだ帰りか自宅での仕事終りだかにぼくを誘いに来る。その時間、家から一番近くて安いのが駅前の屋台だった。二級が三十円だった。

二浪の冬、十二時を過ぎると熱燗が飲みたくなる。カーッと飲んで帰って寝てしまって、朝起きて勉強の続きをすればいい。コートを着てマフラーを巻き、そーっと受付のドアを開ける。うちは産婦人科医院で、受付の部屋にはお釣りを渡すための硬貨を入れた木箱がある。ここから百円玉二個をすっとくすねる。自分の家とはいえ、ぼくが犯した十代最後の犯罪かもしれない。

おでん屋では熱燗が来るまでに、竹輪麩とジャガイモと卵を頼み、竹輪麩から始める。やがて、目の前にある皿に乗った厚手のガラスコップを、ちろりの熱燗の酒が満たしていく。何度か行っているので、下の皿がいっぱいになるくらい大胆に注いでくれる。口からコップに向かい、熱い奴をすする。それから、さらにたまった酒をその上に注ぐ。頭の中で計算をする。竹輪麩二十円、ジャガイモ三十円、卵四十円、酒三十円……合計百二十円。まだ八十円ある。

「がんもと熱燗もう一杯」

二杯目の酒が終わると黙って帰る。百メートルほどしかないうちまでの道を走る。こうすると酔いが回り、すぐに眠れる。あの頃から屋台は熱燗と決まっていた。たいてい、他の客はいなかった。

ある晩、いつものようにそこで飲んで食べていると、

「おじさん、熱燗ね」――顔を見る勇気はなかったが、水商売風のやせぎすの着物姿の女性が隣に座った。ぼくはなぜか震えていた。「寒いの?」といきなりぼくの左手を着物の中の熱い足に挟んで……止めておこう。

大学に入ってからは、仲間と居酒屋に行くことが多く、しばらく屋台とは疎遠になった。七十年代半ばも過ぎて、雑誌を辞めて原宿の表参道と明治通りの角にあったセントラルアパートの浅井愼平さんの事務所の半分を、デザイナー二人とで借りた。前よりも浅井さんと飲む機会が増えた。渋谷の焼き鳥屋の「鳥重」、

赤坂の「民酒党」、そのそばの「梅光」など行き場所は、ほとんど決まっていた。「梅光」は大きな居酒屋で、一ツ木通りからみすじ通りまで店内を通り抜けできた。当時では珍しくクジベー（鯨のベーコン）があった。飲む酒もつまみも決まっていた。いちばん近場は表参道の事務所から青山通りに行く最初の歩道橋下にある屋台のおでん屋だった。

この屋台で忘れられないのは、台風来襲の予告のあった晩だった。二人で飲み始めてしばらくすると、急に風が強くなった。雨もそう多くはないが、降り始めた。ゴムの幕がバタバタいい始め、危険だから幕を外す。風はますます強くなる。浅井さんとぼくは立ち上がって、屋台を二人で支え始めた。このままだと屋台も飛ばされそうだ。二十分もそうやっていただろうか。やがて強風がおさまった。顔は雨でぐっしょりだったが、雨量はそんなに多くなかったから、服は思ったほど濡れていない。以来、行く度にその屋台の親父に「あのときは世話になった」と酒やおでんのサービスがあった。

八十年代は、テレビ朝日通りの屋台と青山学園前の屋台によく行った。たいてい他で食事したり呑んだ後、もう少し飲みたくて行った屋台だ。二軒とも混んでいて入れないこともあった。テレ朝の屋台は最後のほうで雑煮を頼む。お椀に焼いた餅を一個入れ、とろろ昆布をかけて、その上におでんの出汁を注いだものだ。

いちばん思い出深いのは青学前の屋台だ。最初は、まだそうは呼んでいなかった伊集院静に連れて行かれた。青山通りに面していたので帰りのタクシーもすぐ捕まるし、代沢の借家に帰るのにも便利だったので、誰かと飲むと最後はここになった。

ある冬の夜中だ。ぼくはPA（音響）担当のSと二人でここに寄った。寒いから当然コートは着たままだった。一週間ほど前に行った香港で買った念願のバーバリーのトレンチだった。店の親父が寒いだろうと気を遣って、炭火が起きた石油缶を足元に置いてくれた。なんだかSに熱弁をふるっていたように思う。酒も進む。散々飲んだというのに、熱燗のお変わりまで頼んでいる。

「なんか焦臭くないですか？」――Sが話の腰を折るように、口を挟む。そういえば焦げ臭い臭いがする、

「親父さんなんか焦臭くない？」

ぼくが聞いた瞬間、Sがぼくのコートを無理に脱がせた。コートの裾が石油缶の上に乗っていたのだ。すでに三十センチ四方が消失していた。コートは、二回来ただけでゴミ箱に行くしかなかった。

焼鳥屋の儀式

昔々というとずいぶん前の話になるが、あるところが出てくるほど昔ではない。ぼくが小学生のころ、リーガル千太・万吉という漫才がいた。国宝級の漫才師で、二人の得意ネタ「やきとり」は、亡くなってからも何度かNHKなどで放映された。焼鳥の食べ方などを延々と相方に教える。ぼくはこの幼児体験が影響して、この時間いた焼鳥の食べ方を知らず知らずのうちに実施するようになっていた。正式な焼鳥の食べ方は串を

横にして前歯で焼鳥を挟み、横にずらす。ネタの落ちは「通は最後が肝心で店を出ようと暖簾をくぐったとき、たれで汚れた手をその暖簾で拭いていく」というものだ。手を拭くのはともかく、これが焼鳥を食べる客の儀式なのだと学んだ。

忘れられない焼鳥屋は渋谷にあるガード下の手前の線路際、のんべえ横丁の「鳥重」という焼鳥屋だった。座席は六席ほどしかなく、でっぷり太ったお母さんが道に面した場所で焼鳥を焼き、物静かで笑わないおそらく息子が、大根おろしにウズラの卵を落としたものと大根の千切りに大根の葉っぱの浅漬けを出してから注文を取る。お客の暗黙の了解なのか、この息子が注文を聞くまでは全員黙っている。ぼくらの番がくる。大ぶりの焼鳥なので五本も食べればいっぱいになる。浅井さんが「合鴨塩二本、砂肝塩二本、レバーたれ二本、つくねたれ二本」と注文を始める。その場で、お母さんに聞こえるようにやや声を大きくして注文を復唱する。熱燗を頼むと、アルミの急須に頼まれた量の賀茂鶴を入れ、火にかける。時々すっとそれを持ち上げ、急須を手のひらに乗せるようにしてグルグルっと回す。焼鳥が出てくるまで、静寂の中、その儀式が煙にふさわしくモクモクと続けられる。出てきた焼鳥はこれまで食べたことがない旨さだった。賀茂鶴も世界中で一番旨い酒ではないかと思うほど旨かった。最後に鳥スープを頼むのだが、これに残った大根おろしを入れて飲み干すのも儀式だった。あの儀式と旨さに匹敵する焼鳥屋には、あれ以来二軒しか出会っていない。いつの間にかお母さんの姿が見えなくなったのは九十年代後半だろうか。以来、一度も行っていないが、すでに閉店してしまったらしい。

「鳥重」とは全く違った意味で、止められないのが国技館焼鳥だ。生まれてはじめて食べたつくねが、小学校の時、近所の知り合いに連れて行ってもらった両国国技館で食べた焼鳥の折の中にあったつくねだ。なんてうまいもんだと思った。長ずるにつれて、国技館の升席に座ると必ずこの焼鳥の折が出てくるのを知った。そして、必ず追加した。お土産の袋にもこの折があった。今世紀になって相撲を見に行く機会もなくなり、国技館の下に大工場のある焼鳥の話題をテレビで見るくらいになってしまった。そしてつい一年ほど前に、軽井沢に帰る北陸新幹線の東京駅の売店で、この焼鳥に出会った。一折六百五十円。軽井沢までの一時間でビール一缶に焼鳥一折を平らげるのはあまりにもったいない気がして、帰って食べるつもりで三箱買った。焼鳥三本につくねが二本。わが家で食べた小ぶりの焼鳥は、昔と同じように冷えたままでも旨かった。いや、なまじ温めたら、あの旨さはなくなるのかもしれない。

ここ二十年、続々と格安のチェーン店の飲み屋が増えた。七十年代も安い飲み屋はあった。十数人の飲み会で、焼鳥の串の数は人数分あるが、一人一本では一種類しか食べられない。こういうときは、串から焼鳥を外して食べる。そうすれば、レバーと正肉と皮の三種類も食べられる。これを称してわれわれは、劇団食いと称した。いまでも、焼鳥盛り合わせの串の本数と人数が合わないときは「劇団食いにしよう」と思わず言ってしまう。誰が説明したわけでもないのに、言われた若いもんは、鳥を串から外し始める。ということは、劇団食いは焼き鳥を食べる時の慣用句まで出世したのだろうか。

テレビで串のまま喰うか、串から外すかと行ったことが論議されていた。結論は串のままの方が旨いということだった。どうだっていいような気もする。「鳥重」や六本木の「鳥長」では、大根おろしに着けるために串から外すのが普通だった。

旨くない焼鳥は、一本食べるのがやっとだったりする。ジューシーさがなく、ぱさぱさなのだ。その度に焼鳥屋は専門店に限ると思うのだが、いまさら仕方がない。メニューを見てポテトサラダかフライド・ポテトあたりを注文する。あとは、当たり障りのないお新香でお茶を濁す。この場合、お酒を濁す。こうなると濁り酒だ。

それにしても、旨い焼鳥はやっぱりそれなりの値段がする。三人前コースで頼み、生一杯ずつと熱燗五本で三万近い金をとられる。蕎麦屋で二人一万円以上するのはざらだが、その話を聞いて、蕎麦に五千円以上かけるなんてばかばかしいと言う人がいる。そういうものなんだけど、焼鳥屋が高いのも旨ければ当たり前なのかもしれない。逆に安い寿司屋はたくさんあるが、安くて旨いと思える店は数えるほどだ。

値段は半分で旨いと聞いていた焼鳥屋に入ったら、一本目でがっかりさせられた。この場合、すでに八種類の焼鳥を頼んでいたので、これから待ち受ける幾多の試練にどう対処しようかと悩んでしまった。こういう店の酒もまずい気がしてくるから不思議だ。

寿司屋の緑茶割

この頃は寿司屋で焼酎は当たり前になったが、九十年代までは寿司屋で焼酎なんて考えられなかった。

初めて焼酎の緑茶割を寿司屋で飲んだのは、大阪だった。そこへ連れて行ってくれたTVプロデューサーが横領で捕まったのが……ネットで調べてみると二〇〇四年。ということは寿司屋の緑茶割はその一年前だ。わりといい寿司屋だったので、ビールの後に熱燗を注文した。かのプロデューサーは「緑茶割ね」といとも簡単に言い、店の店員も当たり前のように寿司屋の粉茶で割った鮮やかな緑色の緑茶割を持ってきた。ありなの？「ぼくもそれ下さい」――酒のみは意地汚い。そういえば大阪のクラブで、一本十万円のワインを空けるTVプロデューサー逮捕と出たとき、真っ先に考えたのがおごられた方も捕まるのかということだった。ぼくも大阪のクラブで一本十万のワインを飲んでいる。ただ、そのワインを空けるときママが「これは、この人の持ち込みなのよ」と断わると、すかさず「おれが持ち込めば安いけど、普通にこの店で出すと十万は取るよな」と言っていた。毎晩一本十万のワインを空ける人ではなかった。

その当時、東京の寿司屋では自分から緑茶割なんてことは言えなかった。緑の液体を飲んでいる客はいないかと何気なく店内に目をやるが、そんな酒を飲んでいる客はまだほとんどいなかった。それから、その頃行きつけになった東京の寿司屋にその話をしてみた。

「うちにもありますよ。お出ししますか？」

話は簡単だった。以来、その店でビールの後は緑茶割が決まりになった。そうこうしているうちに、東京のいい寿司屋でも緑茶割をあちこちで見かけるようになった。

それでも銀座の天ぷら屋「近藤」に焼酎はなかった。メニューの酒の部分を見ると日本酒とビール、あとはワイン。なんでワインがよくて焼酎がダメなんだと思いながらも、同店の見識の高さには素直に「恐れ入りました」だった。

寿司屋通いの長い年配の客――自分も年配だということを忘れて言えばの話だ――にしてみれば、寿司屋で焼酎など言語道断だろう。たとえ乙類であっても、その年配者には焼酎といえば甲類しか思いつかないかもしれない。ましていい寿司屋で、嬌声を上げながらスマホで寿司の写真を撮る女性客など怒鳴りつけたい気持ちだろう。ぼくも年配者だが、年配になる前に携帯電話のカメラで料理を撮る輩には腹が立っていた。

馴染みの寿司屋に、出された寿司を食べる前に写真を撮る客に対し、どう思うと聞いてみた。

「それはあまり気分のいいものじゃありませんね。でも撮らないで下さいとは言いません。それで美味しくいただいてくださるなら」

優等生的答えだ。

「でもぼくみたいな常連にとって、そういうことをやられるのは不快だって思ってるってこともあるでしょう？」

「そりゃあお客さまみたいに嫌なご気分になられる方もいらっしゃいますが……」

そう言って言葉が止まった。

「いい常連は黙認するもんだよね」

「すいません」

ぼくはいい常連ではないかもしれないが、客のマナーとして寿司屋に限らず食べ物が出て来る度に写真を撮る客はやっぱり許せない。ほかの客が不快なことをするなと言いたいけど。ま、ほんとにいい店にはそんな客は来ないだろうし、いたとしたら店の方で止めるだろうと思いたい。

昔、友人がカメラに凝って、ジャズのライヴ会場で望遠をつけたカメラでバシャバシャ撮っていたことがあった。後で聞くと、写真を撮るのに夢中で演奏はほとんど聴こえなかったそうだ。ジャズを撮る大御所の写真家である中平穂積さんに聞いてみると「本当にそのミュージシャンの音楽を聴きたいときは、写真は最初の一曲だけにしますね」——これが正しい答えだ。

出された料理の写真を撮るということに夢中で、肝心の味を楽しむことを忘れてしまう客が多いのではないだろうか。大昔は写真を写されると魂が抜けてしまうという説があったが、写真を撮られたら料理の魂が抜けてしまうに違いない。料理は食べられるために生きている。生きている料理を食べたいなら写真で殺さないことだ。

寿司屋の焼酎も写真を撮ることも邪道である。そんなことを言えば、ラーメン、かつ丼、カレーからパフェまである回転寿司は邪道の最たるものかもしれない。だが、いい寿司屋なら焼酎も置かないし、写真も撮らせないという説も正しいといえるのかもしれない。

それでもなお寿司屋で緑茶割を飲む行為は許されるが、写真撮影行為は許されないとぼくは思う。古い客には不快に映る焼酎を飲みながら、カウンターのあっちの方でスマホで寿司を撮る客がぼくの目には相変わらず不快に映る。

ドライ・シェリーを知っていてよかった

第一次ワインブームというのは、七十年の輸入ワインの自由化を受けた七二年。第二次ワインブームは、千円の国産ワインが出始めた七八年。第三次は国産ワインの一升瓶の出現と、関税の引き下げで買い易くなった輸入ワインの出回った八一年。第四次はボジョレ・ヌーボー人気が高まった八七~九十年。第五次は安い国産ワインの九四年。第六次は「赤ワインは健康にいい」と言われだした九七~九八年。現在は、第七次でワインの消費量が過去最大だと聞いた。

ぼくのワインの歴史は、間違いなくこのブームに左右されている。七十年代初頭、自由化された輸入ワインに手が出なくて国産安ワインの大瓶しかないパーティがよくあった。そして毎回、他に飲むものがなく安ワインをがぶ飲みして、夜中に目が覚めた時から二日酔いのあの陰鬱な気分と気持ち悪さに悩まされ始めた。七十年代後半は「夫婦でワイン」のテレビＣＦに毒され、酒を飲まない妻とワインの瓶を間にフランスパンで何か主食を食べた時代があった。

ボジョレ・ヌーボ――が大流行し始めた年も覚えている。友人の役者の斎藤晴彦さんのワイン好きにつられ、悪酔いするから飲まないと決めていたワインについ手を出してしまったのである。結果、「今までワインを飲まなかったのは、安ワインで悪酔いしたからだ。いいワインなら悪酔いなどしない」という勝手な理由を見つけて、ワインと親しくなろうとした。そのうちワインも平気になりレストランでワイン・リストを貰い、選んだりするほど大胆になっていた。

ある晩、あるイタリア料理屋でそこそこの値のワインをしこたま飲んだ。仲間が勘定を払っている間に急に気持ちが悪くなり、落ち着いた感じでトイレのドアを叩いた。「入ってます」。ちょっと空気を吸いたくなって地上への階段を上がった。ドアを開けた途端、ぼくは赤いワインそのままを噴き出したのだ。それは鯨の潮吹きだった。これには驚いた。驚いたが、気持ちの悪い思いはいっぺんに消し飛んだ。消し飛んだところで、もうワインは絶対やめようと本気で思った。

だが今世紀になり、ロスでカリフォルニアワインを勧められて抵抗できないことがあった。その晩、三人で四本以上のワインを空けた後、二人で行ったサンタ・モニカのバーでブランデーのペリエ割をしこたま飲んだ。翌日は朝八時台のロス発のニューヨーク便に乗る。空港ですでに頭痛を伴う二日酔いに悩まされていた。機内も辛かった。身の置き所がない辛さはニューヨークのホテルまで持って行くことになった。もう二度とワインは止めよう。これで何度目の誓いになったのだろう。

スペインの酒ヘレスはフランスではケレス、イギリスでシェリーと呼ばれる。そしていつの間にか、シェリーという呼び方が主流になったようだ。

シェリーを覚えたのは、七十年代の淡島通りの地中海料理店「ドマーニ」だった。誰かに教わって覚えたティオ・ペペだ。何よりも冷えているのがよかった。あの店では発泡ワインのマテウスもよく飲んだ。シェリー党になったのは、ブームになる前のティオ・ペペだ。八十年代は、麹町の日本テレビの斜前にあった（いまでもある）イタリア料理店「ラ・タベルナ」によく行った。収録日の昼や晩の休憩には、ここで食事をとることが多かった。パスタの種類も多いが、いちばん食べたのは薄切りステーキとバターライスか照り焼き風チキンとホットライスだった。ここではビールが普通だったが、グラス・ワインを頼む人も結構いた。昼にビールを飲んだから夜は他の酒にしたい。それにしても仕事中だから飲み続けるわけにはいかない。すでに三杯目のウィスキーの水割を飲んでいるGプロデューサーもいた。こんな時、ティオ・ペペを思い出したのだと思う。棚にある瓶を指してロックで欲しいとお願いした。我々グループがかなり酒の消費量の多い常連とみなされた頃は、ぼくが行くとティオ・ペペのボトルとロック・グラスが置かれるようになった。

ヨーロッパで女性と食事に行って、食前酒に女性がシェリーを飲めば「今晩、いいわよ」だという話を聞いたが、ここは日本だ。

九十年代以降、フランス料理屋ではワインは一杯ほど付き合って、あとはドライ・シェリーのオン・ザ・ロックになった。

「ティオ・ペペをオン・ザ・ロックで」

食前酒からこれ一本で通すことも多くなったが、ただこう頼むとやってきたグラスの酒は二度啜ったくらいで空になることが多かった。その結果、注文の時に「ダブルで」と付け加えるようになった。アメリカだと言わなくてもダブルで来る。

この飲み方だと、絶対にあのワインの悪酔いの再発はない。だが、シェリーもワインである。どこが違うか。聞けば、ワインの発酵途中か発酵時に高アルコール度の蒸留酒を加えてアルコール度を高めているという。何だかよくわからないけど、ここがワインと違うから悪酔いしないのだ。何はともあれ、ドライ・シェリーがあればワインを飲まなくて済むのがいい。

ビアガーデンと言われてもワクワクしない

父親が北大医学部出身で、養子に行った先の開業医の高平医院が札幌にあったことなどから、札幌、小樽、北見に親戚づきあいをしているうちが何軒かあった。ぼくが小学生の頃、こうした家のお嬢さんが受験で長いこと家に逗留していたこともある。そんなわけで、ぼくの二浪の夏は子供の頃、可愛がってもらった札幌のお姉さんの家に下宿させてもらえることになった。この人のご主人が牧師さんだと聞いていたので、さぞや厳格な家庭だと覚悟していた。でもまぁ遊びに行くんじゃないし、涼しいところで大いに勉強をすることができるとそれをいい方向でとらえていた。

到着した夕方、この牧師のSさんが風呂に誘ってくれた。てっきりそのうちの風呂かと思ったら、一緒に行った先は近所の銭湯だった。その後で「お風呂の後はビールですね」と言われたので、少し驚いた。タオルを自宅に置いて、そのままタクシーでグランドホテルに行った。一階の通りに面したラウンジで生を頼んだ。

「ここが札幌で二番目に上手いサッポロビールを飲ませてくれます」

一番目はサッポロビール園でなぜここが二番目かというと、生ビールが一番おいしい温度で出てくるからだという。それは、初めて飲むような美味しさだった。生ビールの生という字と生クリームの生との共通点を感じた。

「次に行きましょう」

今度は狸小路だった。商店街を歩くとサッポロビールのビアガーデンがあった。七時前だったが外から見た店内は混雑していた。

「サッポロビールは今飲みましたから、今度はキリンにしましょう」

少し先のキリン・ビアホールに入った。そこはガラガラだった。

「すいているからこっちに来ることが多いですね」

二杯目のビールだったが、うまさは感じた。注文したポテトフライの量を見て驚いた。山盛りなのだ。メニューの値段を見てさらに驚いた。

「これで二百五十円ですか。東京では三百円で十数キレですよ」

「ジャガイモが豊富ですからね、北海道は」

北海道の人は東京を内地という。その言葉を聞いているうちに、こっちが内地というのも変だと思っていたら自分の口から東京でなくて日本と出てしまって、「ここも日本です」と笑いながら訂正されたこともあった。

今までで一番おいしかったビールの想い出は、この二軒に凝縮される。今でもビアホールは嫌いじゃない。つまみもそこそこ旨い店が多い。だが、ビアガーデンというものに魅力を感じたことがない。ビアホールは好きだ。ソーセージから何から旨い店が多い。

新橋の大病院に勤めていたビール好きの友人の医者の話だ。新婚のぼくの家に初めて来たとき、瓶ビールを1ケース持参で来た男だ。夏場になると、新橋駅脇の『キャッツ』のテントを張ったり、デビッド・カッパーフィールドの公演をする広場にビアガーデンがオープンする。その初日、友人は針の進みが遅すぎる部屋の時計をチラチラ見ながら開店を待った。そのうち、六時開店時に座れなかったらどうしようという不安が湧き起こってきた。席を取るために、早番で帰る若い看護婦の女性を五時から並ばせた。五時半になって、居ても立ってもいられなくなった。思わず自分も列に参加する。ここで看護婦を帰すなら普通だが、彼女に缶ビールを二缶買ってこさせたのだ。開店までその缶ビールで時間を潰すつもりだった。だが、それは変だ。並んで喉をカラカラにさせて、そこで出てきた生ビールを一気にグイグイやる。これが暑い夏のビアガーデンの醍醐味じゃないのか。

「気持ちはわかるけど、我慢できなくてさ」——その気持ちには同調はできなかった。

ぼくのビアガーデンの思い出は、ワクワクするものがない。思い出すのは雨に降られた二、三回の経験くらいだ。枝豆が上手くなかった。冷凍ポテトが湿っていた。その割に一杯の大ジョッキ代が高過ぎた。

「もうすぐビアガーデンが開く季節だな」

と待ち遠しそうに言う仲間の言葉に乗ることはできなかった。

そんな中でも思い出深いのは、広尾にあった羽沢ガーデンだ。感じのいい日本庭園で開かれるビアガーデン。前日雨だったりすると、椅子の鉄足がズブズブっと地面にめり込んだりするのも楽しかった。七十年代のことだ。デパートの屋上にも魅力がなかった。小雨が降って、閑散とした屋上にしつらえられたリングでの泥の女子プロレス——いわゆる泥レスだ。なんでこんなもんが楽しいんだろう。ステージでやるハワイアンも嫌いだった。スピーカーからのＢＧＭで充分なのに、半端な生演奏はビールを飲むのに邪魔でしかなかった。つまみも旨いものはまずなかった。

一度、ビアガーデンの達人にこれぞビアガーデンという店に連れて行ってもらいたい。

食後酒はマールかカルヴァドスか?

イタリアンかフレンチをなんとかワインを避けてシェリーのロックでやり過ごした食後、気に入ったものがあればデザートを食べて、まだ話し足りないし飲み足りないという場合、食後酒を飲む。もっとも一般的なのはブランデーだが、ブランデーグラスに注いだレミーマルタンを揺らしながら飲むのは好きじゃないし、ぼくにはあの真似はできない。

デザートは食後酒の前にこなしておくものだが、八十年代まではほとんど食べなかった。食後酒はやった。デザートを食べたりコーヒーを飲んだりしたら、酒を飲んでいる持続が途切れるような気がしていたからだ。

九十年代に、ホテルのラウンジで時間を潰している間に、無性に生クリームが食べたくなったことがある。京都の宝が池プリンスだった。その日、ここでディナーショーをやる歌手の演出を頼まれていてリハーサルの始まるまでの時間だった。どうして生クリームが食べたくなったか理由はわからないが、そのときメニューにあったチョコレート・パフェの文字に釘付けになった。ぼくは躊躇せずに注文した。そして出てきたパフェを脇目もふらず、たちまち平らげた。同行した酒のみのピアニストが、気持ち悪そうな顔で「髙平大丈夫か」と気遣ってくれた。以来、うちの冷蔵庫にホイップクリームとハーシーのチョコレートソースが欠かせなくなった時期があった。飲んで帰って台所の電気も点けずに、ホイップクリームのチューブをすすっている冷蔵庫の灯りに浮かんだぼくを見て、娘が悲鳴を上げた。あまりいい絵であるはずがない。

今世紀になっていきつけの南欧料理店でデザートを食べるようになって、店にチョコレートソースのあることを知ってから、その日メニューにあるキャラメルか蜂蜜のアイスクリームを使ってチョコレート・パフェを作ってもらうのが習慣になった。初めの頃、気を利かしてナッツが入っていたが、ぼくはナッツとかビスケットを砕いたのが入っているアイスクリームが嫌いだと言って、相手の好意に反してナッツ入りを止めてもらった。

東映の『網走番外地』はじめ、数々の映画音楽を手がけたジャズ・ピアニストで作編曲家の八木正生さんは食後、クアントローをよく頼んだ。濃い砂糖水みたいな甘いフランス産のリキュールだ。八木さんは、オレンジの香り強いグランマニエということもあった。この違いはホワイトキュラソーで有名な商品名がクアントロー、オレンジキュラソーの有名な商品名がグランマニエだ。このグランマニエをレーズンが入ったアイスクリームにたっぷりかけて家で食べるのも美味しい。

香港の作家の陳浩基のミステリー『13・67』の主人公は「天眼」と呼ばれた香港警察の名刑事がクワンで、その愛弟子がローである。二人は行動をよく一緒にするので、「クアンとローは」というフレーズがちょくちょく出てくる。作者はクアントローを連想させたのかと思ったが、相手は広東語だ。「と」という接続詞はない。

ぼくは気分でだが、エスプレッソと同時にクアントローを頼んで、それをコーヒーに入れて飲むことがある。でも、もう少しキリッとしたものが飲みたいこともある。そんな時に出会ったのが、マールとカルヴァドスだ。マールというものを知らなかった時代に「グラッパ」と言って「他のマールならあります」と言われて、マールの存在を知った。どこかで一緒に食事した人間が口に出してから知ったグラッパだったが、ワインを醸造するときに使う果汁の搾りかすを蒸留して造られた酒がマールで、グラッパはマールの別種だが、作られたイタリアの村の名前だと知ったのはずっと後だった。フィーヌというのがあって、これは基準以下のブドウや、樽の底に残ったワインで作られた蒸留酒のことだ。ちゃんとしたブドウでブランデーができない地方で作られたのがマールやフィーヌだ。

グラッパを頼むとき、エスプレッソも頼む。そして飲みきれなかったグラッパをその中に入れ、食後の時間をグラッパ入りのコーヒーでゆっくり過ごす。そんな時間を持てるようになった。ただの酒のみからやっと脱却できた気になった。

フランスのノルマンディーと言えば『史上最大の作戦』を思い出すが、リンゴが原料の蒸留酒カルヴァドスのことも忘れちゃいけない。この酒は、ファッションデザイナーの花井幸子さんに教わった。九十年代初頭に舞台演出した翻訳劇の衣装が花井さんだった。花井さんのアトリエに焼きリンゴみたいなリンゴが入ったボトルが飾ってあった。聞けばご主人がよく行くノルマンディーにある別荘の庭で出来たリンゴを使ったカルヴァドスだという。何だか壮大なスケールにやや尻込みをした。値段も四十万はするという恐ろしいスケールだった。公演が終わる頃「あなたに飲んでもらいたい」と言って、そのボトルを簡単にくれた。一ヵ月にも満たないで空になった。高いからと言って大事に飲むという習慣はなく、その頃からすでに旨ければいい酒からでも飲んでいくのが習慣になっていた。あのカルヴァドス、本当に四十万円だったのだろうか?

サイドボードのナポレオン

洋酒という言い方をする人は、最近ほとんどいないけど、子供の頃は日本酒以外の綺麗な瓶に入っている酒は全部洋酒だった。

昔、『洋酒天国』という豆本があった。サントリーのPR誌で表紙がアンクルトリスの柳原良平だ。編集部には山口瞳らがいたという。執筆陣も豪華で、目次には『ヒッチコックマガジン』や『映画の友』に書くような人たちの名がずらっと並んでいた。後に出た『話の特集』に『洋酒天国』の執筆陣が流れたような印象がした。この豆本はぼくが高校の頃、目にすることが多かったが酒を飲むようになってからはなくなっていた。

洋酒は、必ず応接間のサイドボードに飾られていた。それは応接間で酒を飲むとき、すぐに手を出せて便利というより、優勝カップや楯を飾る意味と同じ様子で鎮座していた。家の持ち主が、「凄いだろう！ゴルフでも優勝したが、最近はボーリング大会でも準優勝したんだ」とカップ自慢をするように、「どうだ！凄く高い酒を置いているだろう」と自己を顕示しているのだ。その酒は、ウィスキーならジョニー・ウォーカーの黒。でなければ、それよりもさらに高いザ・マッカランだのグレンフィディックだの、若い頃は名前も知らなかったようなラベルだ。ブランデーなら銘柄じゃない。すべてナポレオンだ。ナポレオンの胸像だったり馬に乗ったり、ナポレオンが描かれた表紙の本だったりする。ちなみに、いまいちばん高いウィスキーはフランスの高級クリスタルブランド「ラリック」とのコラボレーションボトルに入った一九四六年のザ・マッカランで約四千六百万だそうだ。マッカランMのインペリアル六千ミリリットルは、二〇一四年にサザビーズで、約六千五百万で落札されたんだってさ。まさに「それがどうした」である。

サイドボードから大事に飾っておいた洋酒を出すとき、それがまだ封を切っていないサラだったら「いやあぁー。今夜は君のお祝いだ。これを開けちゃおう」とか「君が来たら開けようと思って大事にとっておいたんだ」ともったいぶった台詞を、ガラス戸を開けながら必ず言いそうだ。だが、そういう人はまずいない。そういう気持ちのある人なら高い洋酒をサイドボードに飾るなんてことをしないのが普通だ。同じ台詞を言いながら、席を外して空けちゃう瓶をどこかから無造作に持ってくる図が浮かぶ。

「いい酒がありますね」とこっちから振ると、ドキッとした思いを隠しながら「ああ、これかい？」と言って取り出すと、ラベルをしげしげ眺めてその酒を買ったかもらったかのいきさつをひとくさり話す。そしてその後は、そのまましまう人と「一杯飲むかい?」と言って、ウィスキーグラスを出す人の二つに分かれる。出した瓶をすぐしまってしまう人は、ただケチなのか「お前なんかに飲ませてたまるか」という気があるのか、ただ気が付かないのかまァそういう人だ。訪問目的が酒を飲みに来たんじゃなければ、それでいいわけだ。

サイドボードのお酒を誉めたのは単なる社交辞令だったのに、「一杯飲んでみる?」と言ってくれる人はそうはいない。「親父が大事にしてる酒だけど飲んじゃおうか」という場合がある。少しならわからないからとちょっと呑んでそっと戻しておくなんていい方で、半分ほど二人で空けちゃって、水で薄めて元の位置に置き「どうせ親父は大事にしているだけで飲まないんだから」と言う友人の表情には、はっきりと後ろめたさと見つかった時の修羅場を考えないようにしている心の内が現れている。

林家三平さんの記念館は、根岸の海老名家の三階にある。これの立ち上がりに参加したが、おかみさんが化粧瓶入りの液体を見せ、

「これお酒じゃないの。香水なの。松田優作さんが家に遊びに来たときにね、松田さんこの瓶を見ててっきり洋酒だと思ったのね。一杯飲んでいいですかといったんで、主人は飲ませちゃったの。もちろん香水だなんて言ってないわよ」

良い話なので、そのコメントをつけてショーケースに飾った。

東映映画では、やくざと通じている大会社社長や政治家の応接間には、必ずサイドボードが置かれて、中

には優勝カップとナポレオンが並べられていた。同じ大会社社長や政治家の応接間でも、政界の汚職事件などを書いた山崎豊子原作の映画になると、応接間のサイドボードはもっと重厚で品がよく、優勝カップやナポレオンなんか置かれていなかった。

結婚したとき、酒のみの家にはサイドボードは当然なくてはならないものだと信じて真っ先に手に入れた。サイドボードは2DKの応接間と茶の間と兼用の畳部屋に置かれた。ナポレオンの飾り瓶はなかったが、ウチにあるだけの洋酒がここに収まってはすぐ消えた。少し大きな借家に移った頃もこのサイドボードがあり、海外に行く仕事もあったので、中にはバランタインの三十年やワイルドターキーの野生の七面鳥の飾り瓶が飾られていた。それも誰かが数人で来ればたちまちのうちに空いてしまうので、ただオールドしかなかったことの方が多かった。

ハイボールはかきまぜない

バーというものがどういう店なのかよく知らなかった昭和二〇年代に、トリスバーの店の前の看板にハイボール三〇円、ストレート二〇円の表示を見た記憶がある。父はあの頃、自宅ではウィスキーはストレートかサイダーで割って飲んでいた。水割りなどの概念はなく、氷も入れないで飲んでいた。

自分でお金を出して酒を飲むようになったのは主に浪人中のことで、ごくたまに入って飲んだ屋台の日本酒やビアホールの生ビールだった。ウィスキーの水割りを飲むようになったのは雑誌の編集者時代で、もうスナックやバーにボトルキープが普及し始めていた。気まぐれから水割りではなくソーダで割って飲むこともあったが、それをハイボールとは呼ばないでソーダ割と呼んでいた。

ハイボールの語源には諸説あるらしいが、あまりあり過ぎるので詮索するのはよそう。昔、桂高丸という噺家の第一声が、「桂高丸でございます。英語で言うとハイボール、師匠の米丸はライスボール」というのをよく覚えている。

六十年代後半から親しくさせていただいた植草甚一さんの口からも久保田二郎さんの名を聞いていた。久保田さんは六十年代にジャズ月刊誌「スィングジャーナル」の編集長をやっていた。この人が書く文章はどこかふざけて、軽妙洒脱なところがあって好きだった。植草さんが懐かしそうに「クボジ（久保田二郎）に会いたいね」と言ったのがきっかけで所在不明になっていた久保田さんを探さなくちゃと思い始めた。七十年代半ばだった。

雑誌の企画で幻のジャズ・ピアニストと言われた守安祥太郎を扱うことになった。エピソードを取材するために、ジャズ・ギタリストの沢田駿吾さんに会いに行った。沢田さんは一通り面白い話を聞かせてくれた後で、「守安のことを聞くなら久保田二郎がいいんじゃない」と言った。

「探しているんですけど見つからないんです」

「いま新宿の軍国バーで雇われマスターをしているよ」と、「潜水艦」という店名と電話番号を教えてくれた。電話に出たのはご本人だったが、あんまりぶっきらぼうだったので、尻込みをしてしまった。そんなことも言っていられないので、早速「潜水艦」に行った。久保田さんはオールドのボトルを傍らに置き、それをパック入りの牛乳で割って飲んでいた。

「カウボーイがバーボンの牛乳割を飲みだしたんだけど、海軍の将校好みなんだな、この飲み方は」

ぼくも早速飲ましてもらった。何だか妙に飲み易い酒に驚いた。これがきっかけで電話では無愛想な久保田さんが、人が変わったように明るく饒舌に守安祥太郎のことから始まって、取材とは全く関係ない映画の話やジャズメンに関する酒のエピソードまで語ってくれた。話が面白過ぎるので、改めて久保田さんに原稿依頼をすることに決めた。

原稿依頼の指定場所は新宿ゴールデン街の「あんよ」だった。カウンターの端で、アイスペールと水割とウィルキンソン炭酸の瓶を並べて飲んでいた。隣に座ると、「ハイボールでいいね」と言って、ぼくの分を作ってくれた。ぼくがマドラーを渡そうとすると、

「いらない！　ハイボールは混ぜちゃ駄目なんだ。こうして飲むのが一番旨い」

といってグラスから頭を出している氷を軽く指で押した。これがぼくの本格的ハイボール道の始まりで、自分でウィルキンソン炭酸のハイボールを作るときは、指で氷を軽く押すだけで絶対かきまぜないことにしている。

八十年代はウィスキーに飽きて、もっぱらブランデーのペリエ割かソーダ割だった。ハイボールを頻繁に飲むようになったのは今世紀だ。七十年代からの友人、京都の梁山泊のご主人の橋本憲一さんがサントリーの高級ウィスキーで作ったソーダ割を勧めてくれたのだ。初めて店で最初に飲まされたときは、冷蔵庫で冷やした角瓶と冷凍庫でギンギンに冷やしたグラスに炭酸をいれるだけで氷は使わなかった。

これがきっかけで、よく行くジャズ・バーなどでハイボールを頼むようになる。そんな中、大阪のNGKシアターの近所のあるバーを知った。ぼくの関わったショーを橋本夫妻と観た後で、予約した店の時間が来るまでと飛び込んだバーだ。ウィスキーは、店の名前にもなっているジェイムソンだった。初めて飲むこのアイリッシュ・ウィスキーのハイボールは、声を挙げるほど口当たりがよく旨かった。以来、自宅ではこのウィスキーに決めていた。

最近友人が経営する北軽井沢のホテルで、彼にすすめられたホワイトホースのハイボールに出会ったが、これも旨かった。アマゾンで頼むと安いと思っていたジェイムソンの半分以下の値段だった。ジェイムソンは東京のホテルのバーにはあるが、ホワイトホースはたいてい置いていない。

ドライ・マティーニといえば

マティーニで最初に思い出すのは、テレビ西部劇『ローハイド』のCMだ。柳原良平のアンクルトリスは、そのCMでトリスではなくてジンを飲んだ。カウボーイ姿のアンクルトリスが西部劇の酒場に入る。カウンターに行くと、『灰神楽の三太郎』が十八番の浪曲師相模太郎の声で、バーテンが「なんになさいます」と聞くとトリスは「いつもの奴だ」と答える。バーテンは「マーテニーですね」と言ってカクテルをシェイクして、カクテル・グラスに注ぐ。トリスが一気に飲むと、酒が入っていった大きな顔の下のほうから色が変わる。これはトリスのCMにも出て来る。モノクロだったが酒で赤くなっていくのがよくわかった。相模太郎はマティーニではなくマーテニーと言ったが、この言い方が実に効果的だったんだと思う。

次に気になったマティーニは、イアン・フレミングの『007／カジノ・ロワイヤル』に出てきた。ボンドが初めて愛した女がヴェスパー。その名を取ったマティーニがヴェスパーだ。ゴードンのジンを三オンス、ウオッカを一オンス、ベルモットの代わりにキナ・リレを半オンスに氷を加え、単に混ぜるだけではなく、氷で冷たくなるまでよくかきまぜ（ステアし）、大きめに薄く削いだレモンの皮を入れる。

マティーニは、本来ウオッカは使わない。ジンとベルモットを三対一の割合で氷を入れたミキシング・グラスに注ぎ、ステアしてカクテル・グラスに注ぎオリーブを入れるのが普通だ。

同じ007でボンドが言う台詞で有名なのが

「ウオッカ・マティーニ、シェイクしてステアするな」

これでウオッカ・マティーニがなんとなく流行った。

映画『M・A・S・H』の中に、ドナルド・サザーランドが朝鮮戦争の激戦地のキャンプのテントでマティーニを作って、悠々と飲むシーンがあった。優雅なもんだなと思っていたが、米軍の陸軍携帯品の中にマティーニ・セットがあることは後で知った。

マティーニはバーで頼むと甘すぎることがある。そもそもベルモットがジンの三分の一では甘いのが当然だ。そこでドライになってくる。「ドライ・マティーニ」と頼んでも甘い。「もう少しドライにして」と二杯目を飲むとまだ甘い。三杯目で丁度よくなる頃は、いつものブランデー・ペリエに替えたくなる。

ドライ・マティーニの飲み方も変わった。酒に詳しい友人にならって、ただ「ドライ・マティーニ」とは言わなくなった。まずは「シェイクしないで、ステアしてロック・グラスで」と付け加えるようになる。さらに、ジンの銘柄も指定するようになる。「ドライ・マティーニ、ジンはタンカレーで、うんとドライにしてオン・ザ・ロックで」。ついでに「オリーブは二つ」の台詞が加わる。

ついにはエクストラ・ドライという言葉を覚えて、それを使うようになる。こうなるとベルモットは一滴だ。これにレモンピールを加える。グラスの上で親指と人差し指で押すようにして、霧のような液体を振りまいてもらう。噴霧する感じだ。自分で作るときは、グラスにたらした一滴のベルモットを捨てる。つまりグラスにはベルモットの被膜しかない。単にジンのロックを飲んだのとたいして変わらない。チャーチルの逸話にベルモットの瓶を正視しないで横目でチラッと眺めながらジンを飲むというのがあったが、ここまで行けば凄い。イタリアが敵国だったからという説もある。

ジンとの出逢いは、新宿の二幸裏にあった一階が「アカシア」というジャズ・バー（隣が同じ店名でロール・キャベツが名物な洋食屋）の脇の細い階段を三階まで登ったところにあったジャズの喫茶店「DIG」だった。もう少し分かり易く言い直すと、新宿のアルタ裏のロール・キャベツが名物の老舗洋食店「アカシア」の隣にあった同名のジャズ・バーの脇にあった階段を三階まで上ったところにあった六十年代に全盛だったジャズのレコードをかけて客に聴かせることが目的の喫茶店「DIG」だ。さらに詳しく言うと、この「DIG」の創設者はジャズメンを撮る写真家として著名な中平穂積さんで、今もジャズ・バー「DUG」が新宿のアドホックビルの隣にある新宿サブナード駐車場入口の隣のビルの地下にある。ここは息子さんの塁くんが常時カウンターの中にいるが、中平さんは夕方から時々店に顔を出している。

長くなってしまったが、中高同級生だった景山民夫に連れていかれた「DIG」で飲んだジン・ライムが最初で、同店で次に覚えたのがジン・トニックだった。

話をマティーニに戻そう。

自宅で作ることは滅多にない。だが、時としてすべての材料が揃っていれば、ジンもベルモットも冷蔵庫に入れておいて、レモンピールとオリーブを……とは思っているが、そういうものが全部常に自宅に揃っていることなどまずない。初めての時は友人が来るのですべてを用意するが、その後はレモンがなかったりオリーブがなかったりするわけだ。そして、その二つが揃ったときには、ベルモットはあってもジンの瓶にあるのは一人分にもならないジンがひっそりしているのだ。

ブラディ・メアリのトマト・ジュース

一時期、カンパリ・ソーダの缶入りが発売されたことがある。熱い夏の午後なんかにピタリだが、ブラディ・メアリの缶詰には出会ったことがない。アメリカ産の缶詰が存在するのは間違いない。

マリーなのかメリーなのかメアリなのか、いまでも飛行機内やバーで注文するときに躊躇してしまう。MARYの発音記号を片仮名にするとメリーになるからメリーだと思うと、これがまた難しく（簡単に発音記号を片仮名にしてはいけないんで）、MERRYがメリーで、メアリはMARY、マリーはMARIEが正しかったりする。メリーさんの羊のメリーはMARYだし、ま、いいか。とりあえず、MARYはメアリだし、この名の元はメアリ一世だからブラディ・メアリでここは通そう。

ブラディ・メアリは、ご存知のようにトマト・ジュースにウオッカを入れたカクテルだ。この名前は、ご存知のように一六世紀にイングランド国女王に即位後三百人ものプロテスタントを処刑したメアリ一世が、ブラディ・メアリ（血まみれメアリ）と呼ばれたことから着いた名前だ。「ご存知のように」と何度も断るのは、「そんなことまで説明するのか、このハンチクなウンチク野郎！」などと言われるのが嫌だからだが、一応言っておかないと先に進まないのでごめんなさい。

で、ブラディ・メアリは、バーで頼むとカゴメかデルモンテのトマト・ジュースにウオッカを入れロング・グラスにセロリを差して、頼めば胡椒とタバスコとウスター・ソースを出してくれるのが普通だ。二日酔いのお昼の食前酒としてや、酒を飲むのにはまだ早い夕方前に開いているバーで飲むとか、そういう飲み方をしていた。

八十年代、ブロードウェイでショーを観る前に待ち合わせたバーで飲んだブラディ・メアリの旨かったこと。トマト・ジュースじゃないのだ。どちらかというとトマト・ベースのスープみたいな味なのだ。これだと葉っぱがついたままの大ぶりのセロリも旨いし、胡椒やタバスコを入れたくなる気持ちも率直に判る――そういうブラディ・メアリなのだ。

ショーの合間に、ロビーにあるバーで休憩時間に飲むブラディ・メアリはトマト・ジュースの味が普通で、劇場によってはトマト・ベースのスープの味がした。

でもバーでは、ほとんどがトマト・ベースのスープの味だ。ラスヴェガスのプール・サイドで頼んだブラディ・メアリもその味だった。

アメリカのブラディ・メアリは日本と違って旨い。ただのトマト・ジュースを使っていないからだと理解するようになった。だが帰りの飛行機でのブラディ・メアリは、アメリカの航空会社なのにトマト・ジュースの味だった。

それでもときたま、あのスープ味ではないと知りながら、東京のホテルはもとより、名古屋、京都、大阪のホテルのバーでかすかな期待と共にブラディ・メアリを頼んでみた。トマト・ジュースの味に決まっていた。やっぱりブラディ・メアリは本場に限るのだ。

今世紀が始まった頃、六本木のショー・パブのオーナーで、同店のショーの演出家でもあるMさんが、ニューヨークに同行したことがあった。このとき、ホテルのバーで注文したブラディ・メアリを一口飲んで、Mさんは「なんだ、この味！」と驚嘆して「これがブラディ・メアリ？」と率直に疑問符を投げた。次の夕方も待ち合わせたバーでMさんはブラディ・メアリを飲んでいた。

「使っている瓶詰をチェックしました。この瓶詰を探して、店でもブラディ・メアリを出します」

嬉しそうだった。帰国後、Mさんの店で飲んだブラディ・メアリはトマト味のスープだった。

早速、ぼくもアマゾンでニューヨークのバーで見た絵柄のトマト・ジュースを探した。そして見つけたのが、モッツクラマト・トマト・ジュースだった。届いたこいつで作ったブラディ・メアリは、ニューヨークのブラディ・メアリと寸分も違わなかった。

後日、クラマトの意味が分かった。ハマグリ（クラム）のエキスだ。さらにわかったのが、このクラマト・トマト・ジュースとウオッカで作った酒の正式名称はブラディ・シーザーというのだ。ウオッカをジンに替えたのがブラディ・サムとか、テキーラに替えるとストロー・ハット、ビールにするとレッド・アイなんてことは本棚にあったカクテル・ブックで読んだことはあるが、正直このカクテルは知らなかった。

するとと、なぜニューヨークのバーで、ブラディ・メアリを頼んでブラディ・シーザーが出てくるのだろう？

これを知ってから行ったニューヨークのバーで、ブラディ・シーザーを頼んでみた。出てきたのは、この町で頼んで馴染んだあのブラディ・メアリだった。そして、帰国してたまたま行った東京のとあるホテルでブラディ・シーザーを頼んだ。バーテンに「申し訳ないですがクラマトを切らしておりまして」と言われた。みんな知っていたんだ。

スクリュー・ドライバーはイヤらしくない

酒を飲んではいけない頃、最初に覚えたカクテルの名がスクリュー・ドライバーだった。そして、「甘くて飲み易いから、オレンジ・ジュースだと言って女の子に飲ませれば、アルコールが強いからイチコロだ」という話が付け加えられた。「女を落とすカクテル」とか「レディ・キラー・カクテル」とか一般にも言われていることもまもなく知った。だからスクリュー・ドライバーはイヤらしいカクテルだと思うようになった。そして、その意味がねじ回しだと知ってから、「成程な」と思ってますますイヤらしいカクテルという印象が強まった。ねじ回しと聞いて「成程な」と思ってしまうほうがよっぽどイヤらしい。

ジンをベースにして、グレナデン・シロップと卵白でピンク色にするピンク・レディも「女を落とすカクテル」としてイヤらしいと思っていた。だから、同名の二人組の歌手がデビューしたとき、イヤらしいと思う気持ちが先行して、ミニスカートで歌う二人はやっぱりイヤらしく見えた。そういう目で見た自分の方がよっぽどイヤらしい。

カルア・ミルクもそうらしい。ロック・グラスに注いだコーヒーベースのリキュール、カルーアに生クリームをフロートして注いだあれだ。ウオッカとライムとジンジャーエールのモスコー・ミュールもそうらしい。あんまり知っているのもイヤらしい。

ワインをオレンジ・ジュースで割るミモザも有名だが、ミモザをイヤらしいと思ったことは一度もない。ワインの度数が低いからで「女を落とすカクテル」のイメージがないからだ。食前酒でミモザを頼む女性は、むしろイヤらしくなくて趣味の良さなんかを感じてしまうこともある。女性と酒というのを、「女を落とす酒」だからイヤらしいという基準で考えようとする姿勢そのものが問われる。

なんでもこのカクテル、イランで働いていたアメリカ人の作業員が、喉が渇いてオレンジ・ジュースにウオッカを入れてねじ回しでステアして作ったことに由来するらしい。

ここで八十年代にぼくが構成をしていた番組のGプロデューサーがまた登場する。Gさんがこの番組で行った外国はハワイとサイパンと香港だった。

Gさんというと「爺さん」という単語が浮かぶが、ぼくより三つ上のGさんは確かに年を取って見えた。小学生の息子とタクシーに乗ったら、運転手に「ぼく、よかったね、お爺ちゃんとお出かけで」と言いやがったと怒っていたが、言った人の方が正しいと誰もが思っていた。ぼくは三つ下だったけど、すでに白髪だったからGさんは女の子がいるクラブに行くと必ず「どっちが年上か？」と聞いた。殆どの女の子がぼくを指すのが嬉しくてたまらないようだった。自分こそGさんのくせに。

話を戻そう。Gさんとスクリュー・ドライバーが登場するのはロケで行ったサイパンだ。ぼくはその前にホノルルのロケで、すでにスクリュー・ドライバーの新しい飲み方を経験していた。熱い昼間のロケのためにコーディネーターはロケバスに大きなアイスボックスを持ち込み、中にバドワイザーとコークの他にアメリカ産のさまざまなジュースを入れてくれた。天然果汁ではなく鮮やかな色つきジュースの方が多かった。

アイスボックスは、熱い日差しの下での仕事に大いに役立った。だがビールを二缶以上は飲めない。しつこいようだが、醸造酒だからだ。そんな時、甘いものが欲しくなって、色つきジュースに手が伸びた。翌朝、スーパーで買ったウオッカをアイスボックスに入れた。喉が渇いて飲んだのが自ら作ったスクリュー・ドライバーだった。その日以来、ロケではいろんなジュースをウオッカで割って飲んだ。

サイパンに行く飛行機の中でGさんにこの話をした。翌日、ロケバスに乗るとアイスボックスの側に座ったGさんは中からウオッカのボトルを出して、最後部座席にいるぼくに「髙平ちゃん、用意してあるからね」と嬉しそうに振って見せた。

その日のロケで三時過ぎには、Gさんはベロベロになっていた。歴史的遺跡の大砲にまたがって嬌声を挙げるは、最後の司令部跡の洞窟の中で小便をするはで、スタッフ一同の顰蹙を買っていた。

ベロベロのGさんが運転するボロボロのレンタカー、ブルーバード3Sの助手席に同乗した。ぼくもスクリュー・ドライバーを飲んだが、一杯だけで止めていた。行った先はバンザイ岬だ。Gさんは岬の先端に向かって車を走らせた。「カシャッ!」という音がした。何が落ちたのかと思い床を見た。なんと車のキーだ。拾ってみて不思議に思った。ハンドルの脇を見ると鍵がついていないのに、エンジンは動いているのだ。「ブレーキが利かない!」とGさんが叫んだ。車は海を目指してゆっくりだったがまっしぐらに動いていた。ぼくは咄嗟にサイドブレーキを引いた。車は岬の先端と平行に止まった。

誰もが、あまりのGさんの傍若無人振りへの、ここで亡くなった人たちの鉄槌だと信じた。当のGさんもすっかりしょげかえり、夕食の席でも酒は控えめにしていた。

それ以来、Gさんはスクリュー・ドライバーを止めた。

水割りに飽きてブランデー・ペリエ

七十年代半ばから、角やオールドのボトルを店にキープするのが普通になった。決まって飲むのは水割りだった。酒を飲んで仲間と馬鹿話やバカをやりたい集いだったから、お酒なんかなんでもよかった。八十年代半ばに連れて行かれた銀座のクラブでは、オールドパーとカミュかレミーマルタンのボトルが通された席のテーブルにすでに乗っていた。ぼくだけじゃなく世の中には、ウィスキーに飽きてしまった人が結構いたんだと思う。気まぐれにブランデー・ソーダを作ってもらう。これが意外と旨い。同じ頃、近場では香港、ハワイ、遠くてニューヨークなどに休暇を取っていく機会が増える。海外ではブランデーの値段はそんなに高くない。そこで香港で飲む酒は食事のときはビールと紹興酒で、仕上げはホテルのバーでブランデー・ペリエをやるようになる。

フランス生まれのペリエは正確に言うとスパークリング・ナチュラル・ウォーターだ。外国のいいレストランだと必ず置いてある。レストランで酒を飲まない現地の人は、硬水のペレグリーノかペリエを頼む。日本みたいにコークだのジュースだのを頼む酒を飲まない大人はまずいない。

ロスにオーディションで一週間ほど滞在したとき、ぼくより五つ六つ年上の音楽監督のSさんに懐かれて、毎晩夕食も食後のバーも共にした。この人には特に酒を楽しむといった趣味はなかった。ただみんなといて自分が中心になって馬鹿話をするのが好きだった。だからぼくがペリエ割を頼むとSさんも同じものを頼み、割とペースの速いぼくと同じペースで飲んでいた。

そしていよいよあの狂乱のバブル時代に入る頃、長期に仕事で滞在する地方のホテルのバーや、なんとなく見つけたバーにレミーのVSOPを置くようになり、そのペリエ割を飲むのが習慣になっていた。Sさんが音楽監督と監修をするテーマ・パークや地方博でやるショーの構成演出に、必ずぼくを呼んでくれた。Sさんのお蔭で、本当のショーの構成や演出を学び、ショーやミュージカルにおける音楽のあり方の実践を学んだ。

テレビの仕事で地方博の現場を一週間ほど空けた後、戻ってくるとSさんはすっかりホテルのバーの顔になっていた。Sさんが席につくと黙ってレミーと氷とペリエが用意された。ぼくがそれに気づかぬ風をしていると、なんだか恥ずかしそうにこっちを見て、

「俺もさ、髙平ちゃんの真似してレミーのペリエ割をやるようになっちゃった。いい？」

そりゃいいに決まっている。真似をしないでくれともいう気はないし、真似だってかまわないと思っていた。そんなこと気にしていないという顔で答えた。ぼくの酒の習慣だって一緒に飲んだ人の影響がどれだけ多いかわからないし、ぼく自身、これは誰それの飲み方を真似したといえる酒の習慣もたくさんある。

「髙平ちゃんと飲んでるとさ、酒まで同じになっちゃってさ。俺はこんな酒のみじゃなかったんだよ。髙平ちゃんのお蔭ですっかり本格的な酒のみになっちゃったよ」

そして、いつものあの意味のない大笑いをした。

Sさんは、山王神社の奥にあるキャピトル東急ホテルが好きだった。すぐ側にあったレコード会社にいたので、東京ヒルトンホテルだった頃から、よくここに昼ごはんに行っていたらしい。ぼくも最初に入った会社が外資系の広告代理店だったので、年末のパーティは東京ヒルトンでやることが多かった。

Sさんと一階のレストランの「オリガミ」の話になると、パーコー麺とナシゴレンの話で盛り上がった。初めて一緒に行った一階のレストラン奥の天ぷら屋で、カウンターの揚げ手の人が、ぼくに挨拶した。Sさんはちょっと悔しそうな顔をした。人参の天ぷらが出てきたとき、ぼくはそれを醤油で食べた。

「俺もそうやって食べていい」

断ることなんかないのに。Sさん、一口食べてみて、

「これだよなぁ、これ！　髙平ちゃん」

「東京っ子の食べ方でしょう」

「そうそう、そうなんだよ！」

Sさんは一人で興奮していた。

「今度から俺もやっていい？」

「どうぞどうぞ」

以来、その店に二人で行くと、レミーのペリエ割を飲みながら、人参の天ぷらを醤油で食べた。人参を切らした時は、店の人が館内の別のお店に借りに行ってくれた。

Sさんが亡くなって、少ししてから親しかった人たちで、このホテルの中華「星ヶ岡」の個室で遺影を置いて会食した。ぼくは少し遅れて参加した。遺影の前には人参の天ぷらとレミーのペリエ割が置いてあった。

遺影に手を合わせてから、人参の天ぷらに醤油をかけた。

ウオッカの瓶とヒッチコック

小学校の高学年から毎週必死になって見た、モノクロ三〇分のテレビ映画『ヒッチコック劇場』。オープニングがいい。シャルル・グノー作曲『操り人形の葬送行進曲』に、ホワイトバックに向かって左側を向いたヒッチコックの横顔の部分と、胸からお腹にかけてのラインのみがある。そこへ右から横向きのシルエットの本人が現れ、二歩歩いたところで、この線画にピタリと重なる。次の画面はヒッチコック本人が今夜放映する作品にちなんだ話を短くする。声は熊倉一雄だ。なんだか意味ありげな話が済むとCMだ。ニッカウィスキーの熊のキャラクターが登場するもので、「ニッカ、ニッカニカ、ウィスキーはニッカ」のCMソングは今でも耳に残る。

ウィスキーの話が始まるわけではない。ウオッカだ。

ブラディ・メアリやウオッカ・マティーニに行く前に飲んだウオッカは、スミノフだ。スミノフしか知らなかった。それからズブロッカになる。中にバイソングラスが一本入っている奴だ。五百ミリリットル瓶を冷凍庫に入れておく。キンキンに冷やしてストレート・グラスに注ぐととろみが出ている。ほんのりの甘さとこのとろみが何ともよかった。

ウオッカはウオッカでも、スミノフでもズブロッカでもない。アブソルートとヒッチコックの話だ。

ブロードウェイの劇場で、無料で配られる「プレイビル」。六十数ページほどの小冊子の表紙は、その劇場の上演作品のたいていはモノクロにしたポスターだ。上演作品の情報は、真ん中あたりの十数ページに載せてある。キャスト、スタッフ名、キャストの顔写真、各場ごとの歌のタイトルと、歌う役名、キャスト、スタッフの紹介と経歴とが並んでいる。その前後の記事と広告はある期間、「プレイビル」の配られている全劇場すべて同じである。

ブロードウェイのプリムス・シアターで上演されていたフランク・ワイルドホーン作曲の『ジキルとハイド』の、一九九七年五月の「プレイビル」にその広告はあった。

後ろの方の頁をめくると、「何本観た？」というタイトルの、現在のオンとオフのブロードウェイの上演作品が載っている。ミュージカルは、ジュリー・アンドリュース主演、夫のブレイク・エドワーズ演出の『ヴィクター・ヴィクトリア』、その年のトニー賞を獲ることになる『タイタニック』、ウーピー・ゴールドバーグの『ローマで起こった奇妙な出来事』、レイバー&ストーラーの曲で歌って踊る『スモーキー・ジョーズ・カフェ』、サイ・コールマン作曲の『ザ・ライフ』、タップダンスのショー『ブリング・イン・ダ・ノイズ、ブリング・イン・ダ・ファンク』、上演四年目になる『美女と野獣』、新しいスタイルでは始まって二年目の『シカゴ』、同じくオフからオンに来て二年目の『レント』、リバイバルの『キャンディード』と『王様と私』、超ロング・ランの『レ・ミゼラブル』、『オペラ座の怪人』『ミス・サイゴン』――錚々たる作品が並んでいた。

こんな凄い並びは最近全く見ない。

ブロードウェイ・ミュージカルの話をしている場合ではない。アブソルート・ウオッカだ。

いま並べた作品が上映されているすべての劇場の「プレイビル」の七ページにその広告は載っていた。真っ白いページには太い黒墨のような筆で描かれたボトルの左半分の線画だけがあった。その下に、「ABSOLUT HITCHCOCK.」のキャッチ・コピーがある。さらにその下には、老眼鏡でも読めないような小さな四行の文面がある。これを読むと、スウェーデン産の百%粒無香料アルコール、度数四〇と五〇%百プルーフ等のアブソルート・ウオッカのデータと、アルフレッド・ヒッチコックの使用はユニヴァーサル・スタジオの認可済とあるだけだ。つまり、キャッチのアブソルート・ヒッチコックについてのボディ・コピーというものが全くないのだ。

瓶の線画は、広告出稿者の思惑通り、テレビの『ヒッチコック劇場』でお馴染みのヒッチコックの横画を彷彿させる。瓶の口の部分がヒッチコックの顔、瓶の胴体部分が、ヒッチコックの膨らんだお腹を連想させた。

あのオープニングはもちろん、本国アメリカでも誰でも知っているのだろう。だから、この大胆な広告はヒッチコック・ファンのみならず衝撃を与えるようになっていた。ぼく自身、このアブソルート・ヒッチコックの広告に少なからず衝撃を受けた。

その晩、戻ったホテルのバーでドライ・マティーニを頼んだ。

「ウオッカ・マティーニ。ウオッカ・イズ・アブソルート。エキストラ・ドライ、アンド・オン・ザ・ロック。ウィズ・トゥー・オリーブ」

でてきたアブソルート・マティーニを一口口に含んだ。エキストラなんて言わなきゃよかった。それはただのアブソルート・ウオッカのオン・ザ・ロックだった。でもズブロッカのほんのりした甘みもとろみもなかった。

オーク・バーのフローズン・ダイキリ

オーク・バーはニューヨークのプラザホテルにある。正式にはオークルーム・アンド・バーという。つい最近まで東京のオークラのバーもオーク・バーだとばかり思っていたが、あれはオーキッド・バーだった。楢の木と胡蝶蘭だと共通点は植物ということしかない。

プラザホテルは、初めて行ったニューヨークで初めて泊ったホテルだ。七〇年代最後の夏。まだまだ金のない頃で、ツインの部屋に二人で泊った。本当はセントラルパークを見渡せる部屋にしたかったが、そこは予約した部屋の倍以上した。もっと安いホテルはあったが、飛行機は大韓航空のエコノミーにして、ホテルだけはどうしてもプラザに泊りたかったのだ。理由は、ビートルズが泊ったからではなく、たくさんの映画に出てきたホテルだから。『北北西に進路をとれ』、『追憶』、『裸足で散歩』、『ネットワーク』、『ローズ』

……。ロビーもフロントも廊下も映画のままだった。だが部屋の窓を開けるとすぐ隣のビルの壁しか見えなかった。

プラザにはその後、二泊したことがある。フジテレビのご招待でジャンボジェット機二機貸切のキャッツ・ツアーだった。その後は泊らなかったが、オーク・バーにはよく行った。

八〇年代の熱い夏の夕方、オーク・バーで涼を取っていた。いつものようにレミーのペリエ割を飲んでいたら、同じカウンターの奥のほうに座ったニューヨーカー臭満々の男女の女性の方が「ストロベリー・ダイキリ」と頼んだ。バーテンはクラッシュド・アイスと冷凍したイチゴをミキサーに入れた。そこにホワイト・ラムと赤い甘そうな液（ストロベリー・リキュール）とライムジュースを入れてミキサーを可動させた。出来上がったシャーベット状にしたものを大きなカクテル・グラスに入れて出した。女性は、二本のストローをスプーン代わりにして、飲むというより食べ始めた。旨そうだったが、そこですぐに頼むのは格好が悪い。その日は飲んでいたレミーのペリエ割を空けて帰った。

翌々日の夕方、オーク・バーを目指した。目的はストロベリー・ダイキリだ。席についてバーテンが前に立った。少し考えるふりをして、「ストロベリー・ダイキリ」と注文した。「フローズン？」と聞かれた。そうか、それが正式なんだ。すかさずもちろんと答えた。出てきたフローズン・ストロベリー・ダイキリは旨かった。それから暑い夏は、アメリカのどこに行っても「フローズン・ストロベリー・ダイキリ」を注文した。ぼくにとってそれは氷イチゴの感覚だ。

ある夏、ショーを観るためにラスヴェガスに行った。観たいショーをやっているホテルがどこも取れなかったので、最初の一泊だけメイン・ストリートから少し外れにあるホテルに泊まった。簡素なホテルには当然博打場はなかったが、プールがあった。着いたばかりで汗ばんでいた。ロビーにある売店で海水パンツ(もっと新しい言い方がありそうなもんだが)を買って、部屋で軽くシャワーを浴び、半ズボン(これも違う言い方があるはずだ)型だったので、この海パンの上に地味なアロハを着てプール・サイドの一角を占領した。

ドラフト・ビールにはまだ早い。まずはフローズン・ストロベリー・ダイキリだ。氷イチゴだ。流しているウエイターにそう注文した。ちなみに「ウエイターが流している」とは汗ではなく、客の注文を取るためにぶらぶら歩いていることを指す。やってきたフローズン・ダイキリは二口食べた時点で溶け始め、放っておいた氷イチゴ状態になった。

ダイキリは、ラムとライムジュースとガムシロップで作るショート・ドリンクだ。プール・サイドで食べるより飲み干した記憶しかないあのカクテルも、すぐに溶けてしまった点ではショート・ドリンクに違いない。

帰国して、青山にある行きつけのバーで、フローズン・ストロベリー・ダイキリの話をした。その店のオーナーでバーテンもしているOさんが、貴重な情報をくれた。

「フローズン・ダイキリはヘミングウェイが愛飲していたカクテルです。ヘミングウェイはラムを倍にして、グレープフルーツジュースを入れます。ガムシロは使いません。パパ・ダイキリという名前がついています」

こういう話をバーに来た連れに何気なく話す大人になりたかったが、たいていの場合、どこか大事な部分を忘れてしまって、なんだかしまらないことになることが多いただの大人にしかなれなかった。

二〇〇五年に、あの懐かしいホテルは改装工事のために閉鎖した。二〇〇八年に再開されたが、現在はコンドミニアムが主体になり、ホテル部分は大幅に減らされた。客室でセントラルパークを正面に眺められる部屋は殆どないらしい。オークルーム・アンド・バーは健在と聞いた。行ってフローズン・ストロベリー・ダイキリを頼んでみよう。

シャンパンは飲みきれない

シャンパンかシャンペンか、この単語を書く度に迷う。そんな話が出たら得意げに

「シャンパーニュ地方特産なのだからぺよりパのほうが近いんじゃない？」

と言う奴がいた。ぼくは

「ぺの方を使っていたな」

と言うと、

「シャンペンって言い方自体、古い言い方なんだよ」

と来た。実はそれ以来、この単語を書くとき、新しい方を書こうとするのだが、どっちが新しいのか忘れてしまって、また一苦労している。

いまでこそ輸入ウィスキーやブランデーは安くなった感があるが、初めて安く感じたのは八〇年代半ばだ。円高のせいで高かった酒が手の届く範囲になった。外国帰りに、必ず買って帰るのはレミーマルタンの手ごろな奴を数本、それにドン・ペリニヨンか値段はドンペリよりずっと高かったバランタインの三十年だ。ブランデーとシャンパンは自分用、ウィスキーは何かいいことがあった友人へのプレゼント用だ。自宅ではレミーはすぐなくなるが、三〇年はなかなかなくならないし高いので、二本以上になったことはなく、自然、ドンペリの自宅での保存数が多くなる。

いまドンペリはいくらするのだろう？　土産でも買おうと思ったことはない。シャンパンをプレゼントするなら、値段の手ごろなヴーヴ・クリコにしている。これは娘の勧める銘柄だ。

八〇年代半ばの夏、オーディション等で、二ヶ月の間にロスを六回以上往復した。四回目からはファーストにアップグレードしてくれた。ドンペリの本数が増えたのはこのときだ。レミーもウチにたっぷりあったので、自然、保存用に何本増えてもいいような気がして毎回買った。帰りに土産屋の前を通ると、

「ドンペリの旦那！　買っていくよね」

と日系二世のおばさんに、毎回声までかけられた。

ユナイテッド航空の、ファーストクラスの機内シャンパンもドンペリだった。離陸前には必ずドンペリが

振る舞われる。客が、ぼくと見知らぬアメリカ人だったとき、夕飯に魚をチョイスしたら、でっぷり太ったアメリカのおばさんスチュアーデスが真ん中で切って中のレアな赤みを見せた焼きたてのローストビーフを持って来て、

「あのお客さんも魚なので、折角焼いたローストビーフを捨てるしかない。何とか肉にしてくれ。真ん中の部分だけ出すから」

と言われた。旨そうだったので魚を止めて肉にした。真ん中もいいけどはじっこで焦げ目のあるのも食べたかった。さらに、新しいドンペリの栓が開けられた。さっきのでいいのに。貧乏症が沸き起こってきた。

同じ航空会社でたった一人のファーストの客として帰る時、成田が近くなったところで別のおばさんスチュアーデスがドンペリではないシャンパンを持って来て、「開けるはずのシャンペンだったけど開けなかったから、持って帰ってくれ」と無理矢理持って帰らされたこともあった。

ウチにあるドンペリは、遊びに来た友人に何かいいことがあったりしたとき、開けるようにしていた。たいてい四、五人いたからドンペリの空くのも早かった。ぼくは一杯以上飲むことはなかった。

大晦日もドンペリを開けるのが恒例になっていた。ぼくと飲まない妻と、少しは飲む大学生の娘とあまり飲まない妻子の友人しかいないのだから開けることもないのだが、娘が「ドンペリ、ドンペリ」と騒ぐので開けることになる。この時もぼくは三杯飲むのがやっとで、ドンペリのボトルは半分にもなっていないまま、新年の朝を迎えてしまうことになるのだ。

どうにもシャンパンは量を飲めない。無理して飲んでしまうと、苦手の醸造酒だけにあの信じられないくらい辛い二日酔いに悩まされることになるのはわかっていた。

タモリが『笑っていいとも！』のテレフォン・ショッキングの相手とシャンパンの話になって、

「俺はどうもシャンパンは飲めないんだ。スパークリングが苦手だから、箸かなんかでかき回して炭酸を抜きながら飲めば何とか飲める」

力強い言葉に励まされ、その年の大晦日は割り箸でかき混ぜながら、ドンペリを飲んだ。だがそんなに簡単に気が抜けるわけはなく、無理して三杯飲んだところで飽きてしまった。ああ、いいちこの綾鷹割が飲みたい。折角の大晦日だ。なにも飲みたくない酒で通す必要はない。大きなグラスに氷をたっぷり入れ、麦焼酎を注ぐ。そこにお気に入りの綾鷹を。やっぱり、ドンペリよりいいちこだ。

だが、こんな話を書いていいのだろうか？　ぼくはドンペリを裏切ってしまったのではないだろうか？

もう誰も、ぼくにシャンパンを誘ってくれなくなるかもしれない。

水割りにレモン

ある意味で、もう一人の日本の喜劇王だとぼくが信じている由利徹さん。由利さんのウィスキーはシーバスリーガルだ。由利さんに連れて行ってもらった行きつけの店にはバー、クラブ、スナック、居酒屋、和食屋、洋食屋を問わずこのウィスキーが出された。旅公演にも必ず持参した。

飲んだ後、あまり遅くない時間だったがタクシーで由利さんを送っていき、家の前で止めると、

「近所に旨いもやしソバがあるんだよ。寄ってかない？　お腹空いてるだろう？」

タクシーを降りて連れて行かれたのは、町の中華屋だった。店に入るなり「俺のボトルと氷をセットして」

店のおばさんは、棚の上から由利徹のサインと千社札の貼ってあるシーバスを下ろした。町の中華屋にもこの酒を置いているなんて何だか感心してしまった。だけど、由利さんお腹が空いていたわけじゃないんだ。もう少し飲みたかったんだ。「お腹空いてるだろう」という言い方は、由利さん独特のテレだったのだ。ぼくももやしソバをつついたり啜ったりしながらシーバスの水割りを飲んだ。焼きそばの方がつまみにし易かったのにな。

由利さんの旅公演に同行したことがある。公演が終わって次の公演先にバスで向かった。目的地に着いたのは十二時過ぎだった。バスを降りると、照れたような顔をして、

「どこかにラーメン食べに行かない？」

荷物を置いてロビー集合になった。由利さんとぼくと三人の役者が集まった。どこか飲めるところに行った方がいいんじゃないかなと思いながら、弟子を自認する役者が五人座れるラーメン屋を探してきた。店に入って席につくと、その彼が一応みんなに聞いた上で生ビール五つと餃子三皿を頼んだ。由利さんが氷と水

を頼んでくれと、隣の役者に言った。生が来た。由利さんは俺いらないからと乾杯したジョッキを隣の役者の前に置いた。それから持参したコンビニのビニール袋からシーバスを出して、机の下で氷の入ったグラスに注いだ。急いでシーバスを袋に戻すと、水を入れて水割りにした。

「これがいいんだよ」

由利さんは旨そうに水割りをすすった。帰り道、ぼくは、

「天下の由利徹なんだから、堂々とシーバスを出して飲んでも良かったんじゃないですか？」

「いや、それはお店に悪いよ」

そういう人だった。

由利さんが行くと、シーバスと水割セットとスライスレモンが数枚出てくる店もあった。作ってもらった水割にレモンを入れると、氷の上に乗ったレモンを指で突いてから飲み始めた。

水割りにレモンを入れる人は、昔はもっといたような気がする。由利さんはそうした昔の習慣をそのまま引きずっていたのかもしれない。でも、レモンがなくても何の文句も言わないし、レモンがなくちゃ水割りが飲めないというわけでもなさそうだ。

赤塚さんは中華料理屋で紹興酒を頼むと、必ず大量のレモンスライスを注文した。燗をつけた紹興酒が来ると、グラスに数枚入れたレモンスライスの上から注いだ。それから割り箸でレモンを押すように突く。しばらく飲むとまたその上にレモンを乗せて紹興酒を足し箸で突く。次第にレモンは増え、たちまちの内にグ

ラスの半分を満たしてしまう。

この飲み方は確かに旨かった。

由利さんは、レモンスライスは面倒なので、ポッカレモンを入れることもよくあるという。そこでこんな話を聞いた。

仲間と麻雀が始まった。由利さんの脇にはシーバスと氷と水が弟子により用意された。話に出てくるこの弟子はタコ八郎ではないが、ぼくも知っている男でたこちゃんよりずっと粗忽な男だ。

「おいポッカレモン買って来い」

由利さんはそう言って千円札を渡した。

麻雀が始まった時に頼んだのに、半荘が終わって次の半荘になっても男は戻ってこなかった。二回目の半荘が終わろうとした時、男が帰って来た。

「行ってきました」

「新しい水割り作ってそいつを入れてくれ」

「できました」

由利さんは男に手渡されたグラスをぐっと飲んで、慌てて吐き出した。

「お前何入れたんだ」

「買って来いと言われたママレモン入れました」

ポッカレモンが、いつの間にか彼の中でママレモンになってしまったのだ。彼の心のどこかには洗剤のママレモンがあったに違いない。潜在意識だ。

酒と怪我と想い出

飲んだ上で怪我をしたことは枚挙にいとまがない。車のドアに指を挟んでも、その時はそんなに痛みを感じないのに、翌朝、痛みで目を覚ますと挟んだ指が紫色に腫れ上がっている。カーテンを開けると空も晴れ上がっていた。

駅方面から自宅に帰る最後の道が桜並木だった。桜の木と遊歩道を挟む左右の道は、自宅に向かう左側は車も通れるが、右側は通れない狭さになっている。従って家に向かう最後の一本道は二列の桜並木を挟む三本の道がある。どこを通るかはその日の気分次第だ。

近所の居酒屋でいつもより多く飲んで、いわゆる酩酊状態で家を目指していた。その日は、気分で真ん中の遊歩道を歩いていた。左側の道の向こうから、ミニスカートで自転車に乗った女性が来た。変な目で見ると夜道だし怪しまれる。そっちを見ないようにしよう。そうした理性がなくなる程の酩酊ではなかった。自転車とすれ違うギリギリのところで左を見、さらに後姿を目で追った。足は動いたままでまっすぐ前へ進んでいる。突然おでこにとんでもない衝撃を受けた。左側の桜の木で、遊歩道を横切りそうなまでに伸びている太い枝に思い切りぶつかったのだ。

その時もそんなに痛くなかったが、翌朝起きるといやな頭痛があった。駅に向かう道、丁度昨日頭をぶつけた枝のあたりで気持ちが悪くなった。これは脳をやられているんじゃないか。そのまま引き返して、カミさんの運転で大病院に行った。診察を受けてＭＲＩの検査を受けることになった。ＳＦ映画に出てくる宇宙飛行で、一年くらい冬眠させるカプセルを思い出させるあれに入った。中にいるとガタンゴトンと嫌な音がした。それが終わって、待合室で本を読んでいると一時間ほどで呼ばれた。医者の前には、ぼくの脳の断片の百は超えるような映像があった。結果はなんでもないと言われたのだが、この時断面の一部にニコニコマークとしか見えない映像があった。ぼくの脳はニコニコマークか。あのとき医者に
「これはなんの兆候ですか？　誰にでも出るものですか？」

という質問をしておけばよかったと思う。聞くことができなかったのは「なにを考えているんだこの中高年野郎」と若い医者に思われたくなかったからである。

隔週の金曜と土曜日に三十分番組二本を撮るレギュラーがあった。収録終了後、振付の土居甫さん始め番組スタッフと、その週のゲストの和田アキ子さんを囲んで、いつもの四谷のホワイトで飲んでいたときだ。アッコさんは耳に息を吹きかけられるのが弱いと聞いていたので、隣に座ったぼくは飲んでいる最中、何度となく左耳に息を送った。その度に身悶えするのがおかしかった。そのうちさすがに彼女も笑いながら「い

い加減にしてよ」くらいの緩さで立ち上がり、ぼくとの間に土居さんを入れた。

これくらいで後に引きさがる程、アッコさんに対して臆病ではない。それを示すように後ろの棚に筒状にしてあったポスターを手にした。そして、筒の先を彼女の耳の側に近づけ再び息をかけた。今度はただじゃおかれなかった。

「いい加減にしろよ、この野郎！」

真顔で怒っていた。立ち上がるといきなり土居さんをどけるようにして向き直り、ぼくの両手を片方ずつの手で持つと、ぼくの左右の小指をグローブの様な巨大な手のひらで握ると、両腕をぼくに向けて突き出すようにした。

「護身術！」

ぼくはあまりの苦痛で、悲鳴を上げた。ぱっと両指が解放された。

「トイレ行ってくる」

トイレに向かうアッコさんの背中も見られず、椅子に崩れ落ちた。顔面が青ざめているのが判る。この感じは骨折したときに感じたものと同じだ。

「和田アキ子泥酔！酒場で無抵抗の放送作家の指を二本骨折させる乱闘！」

というスポーツ紙の見出しが見えた。

「大丈夫か」

土居さんが心配してぼくの顔を覗き込んだ。

「土居さん、お願い。すぐ家まで送ってください」

「よし、行こう!」

怪獣小指折り大女の帰還する前に、ぼくは土居さんに連れられ「ホワイト」の階段を上った。

うちの前でタクシーを止めてもらうと、土居さんにはそのまま酒場にUターンしてもらった。その晩は両指を湿布して何とか過ごし、翌朝の日曜日、カミさんに連れられて大病院に行った。レントゲンの結果は捻挫だった。捻挫でも骨折したくらい痛かった。

月曜日、事務所に行くと大きな花篭があった。

「誰から?」

「和田アキ子さんからです。このカードが添えられていました」

カードを開くと「小指の想い出」と書いてあった。

初めて飲む酒

初めて飲んだ酒は、飲んでなくて舐めたのだろう。その舐めた酒は、父親の膝の上でのビールの泡だ。姉の子供たち、ぼくの娘、すべてが着物でくつろいだ父親の膝の上で夕食のビールの泡を舐めさせられている。

次に飲んだのは赤玉ポートワインだ。小学生高学年の冬、ぼくの誕生日に集まった何人かの友達に父が、

「お祝いだからポートワインにお湯を入れた奴を飲ませてやれ」

言われた母親は、しぶしぶながらも笑顔で本当に薄いポートワインのお湯割りに砂糖を入れたものを作ってくれたのだ。それでもぼくら子供たちの中には頬を赤くしたものや饒舌になるものも現れ、笑い声が絶え間なくなったように覚えている。変な昂揚感（そんな漢字も言葉も知らなかったけど）がありいい気持ちになった。これが酒に酔うという感じなのか。そう思った。

中学高学年で親父の晩酌のビールを一口もらったり、熱燗をお猪口の半分くらい注いでもらって飲むようになった。

高校二年の夏休み、漫画、映画、テレビで共通の話題を持っていた三人の同級生と二泊ほどの伊豆大島旅行に行った。伊豆で旅館の食事が終わって、誰ともなく生ビールを飲みたいといった話になり、温泉町で生ビールの看板を探しに出た。初めて飲むジョッキの生ビールを全員が旨いと思った。旨いと思って飲んだぼくの初めての酒だ。不良とは全然違った酒との出会いだった。

二浪の浪人生活中、義兄の小野二郎がよく飲みに誘ってくれた。二人だけで、近所のスナックに行ったり、兄が企画編集に関与していた晶文社の中村勝哉社長や長田弘さんや津野海太郎さん・平野甲賀さんらの飲み会に呼んでくれた。

あの頃は、なにを飲んでいたのだろう。ビールだったり熱燗だったり……バーやスナックでは覚えたばかりのジン・ライムを頼むことが多かった。ウィスキーの水割りは、まだ酒の席ではそんなに日常的な飲み方ではなかった。たいていはオン・ザ・ロックかハイボールで、オン・ザ・ロックにしていた人が、傍らのチェイサーの水を入れて飲むのをよく目にした。

チェイサー――この言葉を聞くたびに思い出す。チェイサーはウィスキーやウオッカをストレートで飲む時に、口直しに飲む水だ。浪人生でもそれぐらいは知っていた。その頃、小野二郎が晶文社で出たナット・ヘントフが書いたジャズ小説の巻末のディスコグラフィーを監修する仕事をくれた。その中でセロニアス・モンクの「ストレート・ノー・チェイサー」に、わざわざ「真っ直ぐ行け、追うものはいない」という訳を見つけた。これには困ってしまった。間違いを訂正したら訳者の人が傷つかないだろうか？　義兄に恐る恐る進言した。「あのさぁ、これはウィスキーの飲み方を言ってるんで『ストレート、水はいらない』という意味なんだけど」

結果、義兄に褒められ、訳者に感謝された。

ウィスキーを初めて飲んだのは高校時代、親父に付き合ったストレートだ。厚手の六角形の口の方が広がっているショット・グラスが懐かしい。

「飲むか？」

と聞かれて頷くと、ショット・グラスを出せと顎でサイドボードを指した。そのグラスに半分程注いでくれた。

焼酎は、赤塚不二夫さんに付き合った白波のお湯割りだ。あれ以来、日本酒と同様に初めて飲むいろいろな銘柄の焼酎に出会った。

ウオッカ、アブサンは大学時代、面白がって飲んだのが最初だ。アブサンに水を入れると白くなるのが何だか恐ろしかった。得体の知れない強力な酒だと思ったのだ。

ワインを初めて飲んだのは……ポートワインだったことはっきりしているが、普通のワインの初めては記憶にない。

ジンは、景山民夫に飲まされたジン・ライムだ。いや、その前にジンの味は知っていた。クリスマスの日に家では茶の間と八畳間の襖を外して、家にあるだけのテーブルを並べた宴会をやるのが恒例だった。八畳間のいちばん奥の父が座るお誕生日席は、テーブルでなくて炬燵だった。産婦人科医院を営んでいたので、住込みの看護婦さんが常時四人いた。父母、姉、ぼく、それにお酒の好きな親戚や受験で小樽や北見から来ていた親戚のお姉さんなどが加わる十数人の宴会だ。五年生の時、姉が結婚したのでその冬からは姉夫婦と、徐々に増えたその子供たちで賑わった。そこに様々な果物の缶詰を入れたパンチが出たのは、結婚前の姉が作ったパンチだった。金魚鉢のように巨大なブランデーグラスのようなパンチボウルに入れられた、この飲み物が初登場したときからぼくは虜になった。

「お酒が入っているから、あんまり飲んじゃ駄目よ」

入っているお酒は白ワインとジンだった。それに、サイダーとフルーツの缶詰のシロップだ。これがワインとジンを飲んだ最初になるのだ。

寝起きの酒はなにがいい

学生時代、横浜に住んでいる同級生にあまり知らない横浜を案内され、関内近くの飲み屋で飲んだことがあった。電車がなくなるので帰ろうとすると、「泊って行けば、明日車で送るよ」と言われた。「おふくろに布団敷いておくように電話するよ」と立ち上がったので気兼ねなくゆっくり飲もうと、気持ちも座った。もうこれ以上飲めないとなって彼の家に行った。「もうすこし飲む？　それとも眠たい？」といろいろ気を遣ってくれた。じゃ少し飲もうかということになり、一杯目に口をつけただけでウトウトし始めた。

「寝るか」

寝たい。早く寝たい。少し気持ちが悪い。明日は頭がガンガンするに違いない。通された部屋に行くと出された寝巻に着替えてさっさと布団に潜り込もう。

「酒飲むと夜中に喉が渇くだろ。その時のためにビールを置いておくからさ」

友人は盆に乗せた新しいビールと栓抜きとコップを枕元に置いた。それから電気を消して出て行った。ビールなんかもう見るのも嫌だし、酒を飲んで喉が乾いたら水だろう。何を考えているんだあいつはとイライラしているうちに眠ってしまった。予想通り、二日酔い気味で早い朝に目が覚めた。目に入ったビール瓶を見て思わずオエッとえずいた。

朝酒を飲むという習慣に出会ったのは、テレビの番組の構成をするようになってからで、局の人たちと行った温泉宿だ。数人で朝風呂から戻ると、中の一人が冷蔵庫からよく冷えたビールを出し、栓を開けた。誰かがグラスを並べた。そのときは朝から飲むのかと驚いたが、この朝の湯上りのビールが何とも旨かった。

同じ連中と忘年会で温泉に行った朝、風呂に誘われたが二日酔い気味で布団から出るのもつらくて断った。彼らは戻ってくるといつものように冷蔵庫からビールを並べて飲みだした。

「髙平ちゃんも飲まない？」

「飲まない」――布団をかぶったまま当然の返事をした。

「二日酔い？」「ん」「二日酔いには迎い酒がいいぞ」「駄目、もう飲めない。いや、もう飲まない」返答も億劫だ。

「二日酔いが直る方法があるんだよ。ビールのトマト・ジュース割、これが効くんだって」――そう言ったディレクターが冷蔵庫からトマト・ジュースを出すのを見て、ぼくも心を決めた。

体を起こして、最初に注いだトマト。ジュースの上からビールを注いでいるのを眺めた。起き上がってみんなの輪に加わり恐る恐る口をつけた。

「どう？」……「悪くないね」

それから思い切って全部呑んでみた。宿屋の冷蔵庫の上によくあるビールのコップだ。全部といっても大した量じゃない。作ってもらった二杯目はゆっくり飲むことにした。それからごく自然にみんなの朝の飲み会に付き合った。

何度目かの温泉の時は、前日の酒が全員に残っていたので、起きたときは朝飯集合の時間だった。それならとぼくはまず、温泉で酒を落とす作戦に出る。作戦に同意した二人が同行した。

やや遅れてお膳の前に座って、夕べもビール一本だったSディレクターがまずは仲居さんに「とりあえずビールを三本ほど」。すかさずトマト・ジュース割を教えてくれたYディレクターが「それとトマト・ジュースを三本ね」。結局は飲むのだ。つまみは干物。海苔も何とかなる。それにお新香。梅干しもいける。卵焼きは大根おろしに醤油をかけて、これもいいつまみだ。もちろんビールは三本で収まらなかった。

だが、ここから延々飲み会が始まるわけはさすがにない。ビールは六本で終了し、SさんもYさんもみそ汁をすすり始めご飯を手にした。二人とも干物には手をつけず、きちんと朝飯のおかずは確保してあった。ぼくの前には沢庵二枚しか残っていなかった。仕方なくご飯にお茶をかけて朝食を始めた。

それ以来、仕事で旅先のホテルに泊まっても、少し調子が良ければビールを頼むのが習慣になってしまった。

今でもこの習慣は実行している。並べられたおかずを見る。煮ものは食べない。ぼくにとってはつまみにもおかずにもならないからだ。湯豆腐があればつまみはこれで充分だ。なければとりあえずは梅干しを肴にする。お新香は残しておく。鮭は半分残す。卵焼きもつまみにする。だが一本飲んだところで、ご飯のおかずにするのには少し多過ぎる量が残る。そこでもう一本頼んでしまう。小瓶だと二本は飲めるが中瓶だと二本目は美味くない。ご飯は残しておいたおかずで一膳だけ食べる。

朝食を食べるのは、あくまで調子がいいときだけである。二日酔いの時は、食事をとらずにチェック・アウトする。二日酔いで朝食をとることはまずないので、あれ以来ビールのトマト・ジュース割を口にしたことがない。

酒を飲まない人

酒を飲まない人が、どうしていろいろある日常をあれこれ過ごしているのか想像もつかない。でも、自分には酒を全く飲まない友人がいた。TVディレクターのTさんだ。Tさんは、酒を飲む人に迷惑をかけない酒を飲まない人だ。じゃあ酒を飲まない人のどういうところが迷惑なのか。飲みに行こうと誘っても自分は飲まないからと断る人。打ち上げで仲間と飲んでいるのに一人盛り上がらないで静かにウーロン茶を飲んでいる人。もっとひどいのは、酔った自分がそいつをチラッと見ると馬鹿な奴だという目をしている人。いや、それはこっちの後ろめたさからの偏見かもしれない。

そのTさんは酒のみとどういう付合い方をしていたか。まず飲みに行こうというと「ぼくも一緒に行っていい？」と言ってくれる。店に行って自分のボトルを頼むと、棚にあったカルピスの瓶を指して、お店のママに

「ぼく、あれ、ボトルで入れてください」

と笑わせてくれる。ママも粋なもんで、カルピスを定価の四倍くらいの値段でボトルキープをしてくれた。ボトルが空くと「Tさん、ニューボトル入れていい？」と来た。Tさんは酒場で飲みに行った仲間と常連が一つのテーマで盛り上がると、しらふで思い切り酔ったように盛り上がってくれる。この人は特殊だ。

では、一般的に酒を飲まない人は、酒を飲む人なら必ず直面する酒を飲まなくてはならない状況になった時、一体どうしているのだろう。嬉しいことがあった時。悲しいことがあった時。腹が立って仕方のない時。一仕事終った時。ひと汗かいた後の時。いい芝居やいい映画を見た後の時。食事をする時。酒を飲む場所に行った時。バーで物凄く魅力的な女性が隣に座って一人で飲んでいる時。たまたまなんかのはずみで結構な女性と二人っきりになってしまった時。何もすることがない時……

と、自分がどんな時に酒を飲むのだろうと考えて思いつくままに書いてみたけど、もっとあると思ったのに意外に思いつかない。酒を飲む動機はいろいろあるが、必ずしも状況は同じではない。

例えば悲しい時だ。一人で飲むのが好きな人もいるだろうが、たいていは親しい友人らと飲みたい人もいる。でも嬉しい時、一人で酒を飲みたいというのは変わっている人だと思う。嬉しい時こそ、親しい仲間と

飲みたいものだ。いや、これも偏見だ。みんなと騒いだ後、ホテルのバーで一人ニンマリ酒を飲んで嬉しさをかみしめるなんてことだってある。

だが、これが酒を飲まない人だと、酒のみが考えてみるとどうしても理解できない。例えば悲しい時だ。酒を飲まない人が、一人で部屋にこもって泣いているなんて寂しすぎる。かといって饅頭にお茶を飲みながら、親しい仲間に慰められるというのもやっぱり変だ。法事の前の控え室じゃあるまいし。でも、そろそろそういう自分が縁側での茶飲み話の歳になっているのだと、ちょっと今の自分を振り返って見る。

悲しい酒は付き合った仲間だって陰気な席だもんだから、酒でも飲みながらじゃないとやっていけないだろうけど、その場合でも主役の悲しい人が飲まないんじゃ張合いがない。

嬉しいことがあった酒を飲まない人が、一人部屋でコーラだとか缶コーヒーを目の前にニタニタする。酒を飲まない人とはそういうものである。いやいや、それは酒を飲む人の酒を飲まない人への偏見でしかない。仲間も一緒の時は、酒を飲まない人の嬉しかったことを肴にする。だから、そいつが一人甘いものを食べていても、「いやー、よかった、よかった」等と言いながら勝手に酒を飲むことができる。

酒のみが酒を飲まない人を揶揄するとき必ず言うのは、

「あいつはしらふでどうやって女を口説くんだろう？」

という台詞だ。

ただし、冷静に酒のみの自分のことを考えてみると、これを言う奴は「しらふで女を口説くなんて俺にはできない」と口に出して自分という人間の虚像を作り上げているのに過ぎないのだ。「じゃあ、お前はしらふで女を口説いたことがないか？」と言われて「あるわけね――じゃねーか」と答えてから、ゆっくり考えてみて、ないこともないなと口には出さずに言ってみる。いややっぱりないな。粉をかけるくらいはしたかもしれないけど、口説いたことは絶対ない。だから酒を飲まない人が女性を口説くというのがわからないのだ。酔っ払っているから言えるような台詞をあいつらはしらふで言うのだ。

「ホテル行かない？」

なんてことをしらふで言う奴のことを考えると、なんていやらしい厚顔無恥な男だとののしりたくなる。でも、酔っ払って同じことを言うんだったら、酒の力を借りただけでやっぱりいやらしい厚顔無恥な奴なんだろうな。

酒のみ小説を書いた人が酒のみとは限らない

なんでいまさらと言われても、ぼくはこの単純な理屈を分かっていないことがあったのだ。

二〇年以上前、町田康の『くっすん大黒』という小説を山下洋輔さんが持っていたので、面白いですかと聞くと、

「こういう書き方があるんだと改めて驚きました。筒井康隆さんも評価してます」

と小説を絶賛した。早速手に入れて一晩で読んでしまった。確かに面白い。文体が面白い。いきなり、

「もう三日も飲んでいないのであって、実になんというかやれんよ。ホント」

と書きだしていた。酒のことしか頭にない、ろくでもない男が主人公というのが何よりもいい。広沢虎造の浪曲が好きだというのもいい。ぼくは突然この男に会いたい、会って酒を飲みながら馬鹿っ話を始めて、結局四、五軒ほどはしごして明け方に酔いつぶれて新宿の街を二人で歩いて……そういう飲み方を久し振りにしてみたい衝動に駆られた。早速、出版社のつてを頼ってご本人に連絡した。

「町田さんの小説のファンです。とっても会いたいんです。会って一緒に飲んでいろいろお話をしたいんです。広沢虎造をどうして好きになったかとか」

彼は不審げにではあるが、会うことを承諾してくれた。都合のいい日時を聞いて、ぼくは下北沢の「佳月」という魚の旨い小さな居酒屋を指定した。

その日、会うなり町田さんは言った。

「髙平さんて誰だろうと思って、家中にある本に名前が出ていないか探したら、『糸井重里全仕事』に出ていました」

それが開口一番のお言葉だった。

ぼくを知っているとか知らないとかそんなことはおかまいなく、ただ会いたいので電話をかけてしまった

ことはお詫びした。同時に、先制パンチで鼻っ柱をかすられた感じがして、少しばかり恥ずかしくやや気後れしてしまった。そこで今夜は町田康をインタヴューしようと決めた。編集者で演出家で物書きでテレビの構成者だったぼくは得意のインタヴューという仕事術で今夜は行こうと決めた。すでにロックをやっていたあなたがどうして役者になったかとか、虎造のファンになったきっかけなどをメモなしテープレコーダーなしのインタヴューを始めた。やがて相手の心も穏やかになり、次第にぼくに好感を持つようになってくれた。やがて、ぼくはいつものように酔っ払い、町田さんは節度のあるほどよい酔い方になってくれた。

町田さんは穏やかな人で、当たり前だが常識人で素晴らしい男で、小説の主人公と同様虎造ファンだったが、小説の主人公程の酒のみではなかった。店は一軒で解散したが、中盤からぼくに質問もしてくれて、それなりに話は盛り上がった。その後も何度か会った。芥川賞受賞のパーティでは、荒木経惟さんの乾杯の音頭に続いて、主賓の久世光彦さんの次にぼくに挨拶を依頼してくれた。とにかく彼は、ほどほどに酒を飲むとてもいい奴なのである。

町田さんに会った少し前に、漫画家の頃からわりと友達づきあいをしていた内田春菊さんに似たような話を聞いた。春菊さんが『ファザーファッカー』で話題になった頃の話で、新しく出会う人が春菊さん自身を『ファザーファッカー』の主人公だと錯覚して、よほど軽い女だと思い違いしてやたらに口説かれるんで困っているというのだ。

これも失礼な話だ。そう理解していたのに、ぼくは春菊さんが小説執筆後に新しく出会った連中と同じ行為を町田さんにしていたのだ。

どうして町田さんの場合に限り、ああいう思い込みをしてしまったのだろう。小説の主人公が酒のみだからといって、書いた人が酒のみであるとは限らないのだ。この当たり前のことを考えなかった自分を恥じた。春菊さんの小説の主人公が春菊さんでないことも、暴力小説を書く人が、暴力好きとは限らないのはわかっているのに、あんな単純なミスをおかしてしまったのはぼくの軽率の極みだ。

春菊さんに新しく出会った人は内田春菊の『ファザーファッカー』のリアリティに騙されて主人公と春菊さんを同一視してしまったように、ぼくも町田康の『くっすん大黒』のリアリティに騙されていたのだ。春菊さんにあの話を聞いたとき、ぼくは「そういう勘違いをされるのは小説家冥利に尽きるじゃない」という気の利いた返答もできずに「馬鹿な奴だな」でまとめてしまった。

町田さんは、今頃友人と大人の酒を飲みながら「昔、俺を小説の主人公と錯覚したバカな奴が会いたいと懇願したので会ってやったよ」なんて話をしていないだろうか。された人は「そういう勘違いをされるのは小説家冥利に尽きるじゃない」と答えて欲しい。

無理だろうな。町田さんは友人と二人で「馬鹿な奴だな」と言っているに違いないと思いながら、今飲んでいる。

花見に酒はつきものだけど

「酒なくて何の己が桜かな」

という句があるくらいで、酒を飲まない花見などちっとも面白くない。落語だと、この後に、

「世の中は酒と女が仇なり　早く仇に巡り会いたい」

というのを持って来て笑わせる。ちなみに、前者は俳句か川流形式のことわざで後者は和歌形式だが、大田南畝（蜀山人）の名言とされている。落語では「早く仇に巡り会いたい」と覚えたが正式には、後半の早くは間違っていて「どうぞ仇に巡り会いたい」が本当だ。

思い出したが、前者の「酒なくて」を、ずーっと「咲けなくて」と思っていた男がいた。考えてみると「花見に来たのに咲くこともできない桜なんて面白くもなんともない」ととれないこともない。桜を擬人化して罵るという光景も目に浮かぶ。

このことわざと名言の酒は日本酒だが、花見の酒はやっぱり日本酒がいいのだろうか。落語の『長屋の花見』は一升瓶だ。一升瓶が花見にはいちばん似合いそうだ。

初めての花見は、小学校が武蔵境だったので「武蔵野巡り」と称してぶらぶら歩いて連れて行かれた小金

井の桜だった。この「武蔵野巡り」、体育の時間から昼休みに続く二時間ほどの間に行われた。行った先で昼ご飯を食べるというちょっとしたピクニックだった。私立のその小学校には給食がなかったので、各自持参した弁当を小金井の花見の席や深大寺の植物園や多摩川の河原で開くのだ。

酒が生活に伴うようになったにもかかわらず、学生時代はあまり花見の思い出はない。

就職した外資系の広告代理店は、年末に「イヤー・エンド・パーティ」と称する忘年会を開くのが恒例だった。三百人ほどの社員を山王下にあったヒルトンの大宴会場に集めた。春か夏には、椿山荘で桜か蛍がテーマの園遊会を開いていた。こっちのほうは家族のためにというテーマで、子どもや奥さん連中が喜ぶようなイベントや屋台が用意されていた。春の園遊会は花見が主体だが、この花見はなにも用意しなくても、焼鳥や寿司、蕎麦などの屋台が並び、面倒がなくてよかった。それとは別に社内でも所属するグループだったり有志だったりで夜桜見物なんかもあった。

代理店、雑誌作りの四年間の後、雑誌の仕事や芸能人本の編集や、見よう見まねでテレビの映画に関する特番の構成をして食いつないでいた。その頃、漫画家の高信太郎さんの家の庭で花見大会があるからと誘われた。

日曜の午前中に始まった花見宴会は、午後には三十人ほどに膨れ上がった、今思えばすごいメンバーが揃った。山下洋輔トリオは、本人にドラムの森山威男、坂田明、デビュー前のタモリ、詩人の奥成達、漫画家の長谷邦夫、長谷川法世、雑誌『ガロ』からは長井勝一編集長に、南伸坊、新入社員の渡辺正博、雑誌『太陽』

の編集の嵐山光三郎とブックデザインとイラストの安西水丸、「美学校」の赤瀬川原平……ジャズメンと漫画家は多少名が知れてはいたが、いわばまだみんな無名だった時代だ。

あの時の酒は、メルシャンの一升瓶とダースで買ったらしい安いバーボンだった。ぼくは当時からワインとバーボンは苦手だったので、楽しく飲めたという記憶はない。

少し生活も安定してテレビの構成が収入源の大半を占めるようになった頃、代沢の借家に引っ越した。そこには表の駐車スペースとベランダ前の庭に大きな桜の木があった。当然、花見をしようということになる。庭に集める人数も家に入れる人数ともに限られていたので、差別花見というのを思いついた。花見客の大半がコメディ主体の小劇団員だったので、幹部連には玄関から入ってもらって、ぺえぺえの座員には木戸から庭に回ってもらい、庭に敷かれた茣蓙の上での宴会を決めた。

次々と集まる花見客の声が玄関でする。

「ごめん下さい」

「誰？　名前を言って」

名前を聞いて、幹部なら、

「靴脱いで上がって」

ぺえぺえなら、

「靴履いたまま庭に回って」

これをやっているとき、ぼくは劇団幹部連と飲んでいた。その隣りの部屋で編集者などと飲んでいたあるイラストレーターの小声を耳にした。

「ひどいことするなぁ」

違うんだって！　これは全員部屋に入れられないから、洒落で庭と部屋に分けたの。途中で交代させようかと思っていて……隣りの部屋に言ってわざわざそんな言い訳をするのも変だ。盛り上がっていた気持ちがいっぺんでしゅんとした。花見の酒の味など分からなくなった。もう後は酔い潰れるしかない。

スキットルの中身が変わった

ウィスキーやブランデーを入れる携帯用水筒をスキットルという。大抵が携帯に便利なように薄く湾曲し、尻ポケットに入れられる形になっている。トリスのポケット瓶というのがあるが、あれも湾曲している。いわばスキットルだったのだ。そう言えば植草甚一さんがこんな話をしていた。

「ぼくは学生の頃は大抵サロペットで、尻ポケットには片方にペーパーバック——、片方にウィスキーのポケット瓶を入れていたものです」

アメリカ映画で、よくこのスキットルが登場した。自分が飲んでから一緒の友人に渡すと飲み口を拭かずに同じようにラッパ飲みする。あれをやってみたい――やってみたいのは「口を拭かずに」の部分ではなく、好きな時にポケットから出して友人と飲み交わす部分だ。いつかあのスケットルなる物を手に入れるぞと意気込むようになったものの、日本ではあまりお目にかかれなかった。初めて行ったニューヨークの雑貨屋のウィンドウに、数種類のスケットルが置かれてあるのを見つけた。スキットルにはいろいろあることも知った。

大きさはポケット瓶サイズが普通で、それより小さいもの、それよりずっと大きいものもある。大きいのを見てみたが、これならボトルごと持って行った方が早いんじゃないかと思った。材質はというと高いものは銀、手頃なのは錫、ステンレスやプラスチックに革を張った物とかいろいろあった。

ニューヨークのショーウインドウで見て以来、趣味で集めてみようという気になった。三つ四つ集まったあたりで、友人がロンドンやミラノで見つけたスキットルをお土産でくれたりした。銀製の小型の薄いスキットルは、上着の内ポケットにスッキリとおさまった。こいつはいいと思ったが、いざ使ってみると実用性に欠ける。ぐっと飲んだら三回くらいでなくなってしまうのだ。着付け薬じゃないんだから、これは酒のみには向かない。やっぱりポケット瓶サイズの二百ミリは欲しい。

ハウステンボスが出来た頃、大人向けの野外ショーの構成演出を頼まれた。中身は場所柄からオランダと日本の交流を描いた音楽劇だ。慶長五年に豊後国（現大分県）に漂着したオランダの商船デ・リーフデ号の生存者ヤン・ヨーステンやウィリアム・アダムス（三浦按針）らと徳川家康らの親交がテーマのミュージカル仕立てになっている。

舞台は、屋外の波止場の一部に作り上げた実物大のデ・リーフデ号の甲板と、その手前にある埠頭部分だ。上演期間は三月から十月。稽古は二月から三月にかけてということになる。昼間は来客でごった返すので、舞台稽古は閉演後の夜八時過ぎになる。九州とはいえ海岸縁のその寒さと言ったら尋常じゃなかった。稽古中に温かいコーヒーが来た。早速、持参のスキットルからブランデーをコーヒーに垂らした。いや、垂らしたなんて生易しいもんじゃない。ドボドボッと注いだのだ。体は温まるし頭も冴えてきた。これはいいことに気づいた。その晩から一週間は続くこの稽古も、これがあれば怖くない。突然、前の列の座席にいた振付のアメリカ人が、真面目な顔をして「なんだ。いい臭いがするけど」と振り向いた。「コーヒーだよ」と紙コップを見せた。その時、酒を飲まない彼は、紙コップをチラッと見てからぼくの顔を見た。ぼくはまるで、部室裏の喫煙を真面目な学生に見つかった初心な高校生のように固まってしまった。残りの何晩かブランデー・コーヒーを止めたわけではない。この振付師とずっと離れた席で演出をした。

もうひとつスキットルの思い出がある。ある日、田辺エージェンシーの田邊社長に呼ばれた。秘書の指示で、社長室の手前の十人ほどの社員がいる部屋の空いている席で待たされた。秘書に呼ばれて社長室に入った。手持ちのカバンを傍らに置いた。それからその奥の応接室で話すから先に行っていろと言われた。鞄を手に持つと「そこに置いとけ」と棚を指した。ぼくは、言われた通りにして会議室に入った。五分ほど待たされて田邊さんが入ってきた。それから三十分ほど新番組の話などをした。

その晩、テレビ番組で使用する音楽のレコーディングがあった。音楽録りが終わったのは、十二時を過ぎていた。このあとはアレンジャーとミキサーでのトラックダウン（多重録音された素材を元に、バランスや音質などを調整し曲に仕上げる作業）だ。一息ついたので、すでに缶ビールを開けた人もいる。ぼくはスキットルのふたを開けてグッと呑み込んだ。その瞬間プッと吐き出した。水なのである。誰にいつ中身を替えられたのだろう。考えてみたが答えが出なかった。

数日後、テレビ局で田邊さんに声をかけられた。

「相変わらず酒を入れた水筒を持っているか？」

咄嗟に気づいた。田邊さんの仕業だ。

「お前が会議室で待っている間に秘書に中身を水にさせたんだよ」

この人も酒を飲まない。酒を飲まないくせに、洒落が好きな人には気を付けないといけない。

西部劇の酒の飲み方

西部劇の酒場をサルーンという。西部劇の舞台の一部として欠かせないのがサルーンだ。入口はスイングドアと決まっている。二階はホテルになっていた。テーブル席ではポーカーなどの博打をやっている。入ってきて椅子のないカウンターで頼むのはビールかウィスキーだ。大きい町だと、サルーン内には小さなステージがあって、アップライトのピアノ一台の伴奏でカンカン踊りもどきが繰り広げられていた。

ジョン・フォードの名作『駅馬車』は、最初に出会った衝撃的な西部劇だった。アパッチの攻撃でジョン・ウェインのリンゴ・キッドが駅馬車の先頭の馬まで行き、手綱を引くシーンに胸躍った。ライフルを手に、リンゴが敵役の兄弟のいる酒場に乗り込む。兄弟はポーカーをやっている。にらみ合いの末、撃ち合いになる。リンゴと敵役が表に出る。銃声があって、スイングドアを開けて入ってきたのは敵役の方だ。数歩歩いてカウンターの手前で倒れる。リンゴが入ってくる。観客は安堵のため息と同時に拍手をする者もいた。

同じジョン・ウェインでハワード・ホークス監督の『リオ・ブラボー』も良かった。これもサルーンだ。無精ひげの浮浪者のような格好のディーン・マーチンが印象的だ。サルーンにある痰壺に投げられたウィスキー一杯分のコインを拾おうとするほどのアル中だ。同じ頃の『ワーロック』ではカウンター後ろの取り付けられた大きな鏡が銃撃の際に活躍するのがよかった。

いちばん気になるのはサルーンでのウィスキーの飲み方だ。ダブルのグラスに注がれたバーボン（本当はもっと粗悪な酒だったらしい）のストレートを口元まで持って行くと、一気に喉に流し込むやり方だ。あんな飲み方をしたらぼくならむせるし、ああいう風には飲めない。『腰抜け二挺拳銃』でボブ・ホープがこの飲み方をして耳から煙を出したが、あの気持ちはわかる。

ああいう風にウィスキーのストレートを飲むカーボーイや用心棒といった連中にとっては、あれで旨いのだろうか？　ああしてイッキに二、三杯飲んで、酔ったからそれでいいと確認して帰るのだろうか。あるいは決闘をする前に一杯だけクィッとやって勢いづけるためなのだろうか。

だいたいイッキというのが嫌いだ。学生のコンパや劇団の打ち上げで、昔はよく「イッキ」をやった。若いものにやらせたり遅れて来た奴に「駆けつけ三杯！」とかいってイッキ飲みをさせる。あれは拷問だ。アルコール・ハラスメントだ。鮭のハラスでアルコールを飲むのは好きだが、ハラスメントとなるといけない。たいていは日本酒なのだが、ああして飲んで酒が上手いはずがない。酒は酔いつぶれるために呑むんじゃない。そういう気持ちでいるから、やはり西部劇の飲み方に疑問を感じてしまう。

落語に登場する酒のみもイッキ飲みに近い。旨い酒を振る舞われると、注いでもらった茶碗かコップに口の方から寄せて、ゴクゴクゴクと飲み干す。バーボンの喉にぶつけるような飲み方より人間っぽく、しかも旨そうに飲む。喉が渇いて水を飲むように日本酒を飲むのだ。あそこが西部劇と落語の飲み方の大きな違いだ。西部劇では喉にぶつけて飲んだ後、決して落語家がするようなああした至福の表情をすることはない。

志ん生が酒を一気に飲んだ後、その旨さを「ぷはー」と息を出して「うまいねぇ」。志ん生に「酒がどけどけっといいながら喉を通っていく」と言われるとそんなものかと思うが、ぼくはどけどけの感じは生ビールでしか味わったことはない。

戸外で、ウィスキーを瓶ごとラッパ飲みするのも西部劇のやり方だ。コルクを口で抜いてドクドクっとラッパ飲みして相棒に渡す。渡された相棒は瓶の口も拭かずに同じ飲み方をする。あれだって汚いと言えば汚い。

それよりあんなふうに飲んで旨いのだろうかと、また同じことを考えてしまう。

西部劇ではないが『イージー・ライダー』で、焚火を囲んでジム・ビームかなんかを飲んでいた。あれもラッパ飲みだった。確かジャック・ニコルソンがラッパ飲みしたあと、右肘を曲げて「ニック、ニック」と言いながらその肘を脇腹にぶつけるシーンがあった。あれはくせというよりは、ラッパ飲みで一気に飲んだバーボンが胃の中に落ちて行く快感を表していたのだろう。でも、ああいう飲み方をできないぼくには、イッキに飲んだ辛さの表現のように思えた。実際、バーボンをラッパ飲みしてみると、ああいう風にしたくなる。ああやって辛さをしのぐのだ。

無理してイッキにストレートを飲んでみると、飲み干して口を閉じた後にする行為は「ぷはー」っと息が出る。あれ？　この「ぷはー」は志ん生の「どけどけ」と言った酒と同じだ。「ぷはー」は「ぷはー」だがぼくの「ぷはー」は旨いから出た「ぷはー」ではない。

列車の中の酒

新幹線の中の食堂が消えてしまってもう何年になるだろう。八十年代は大阪の仕事が多く、よく東海道新幹線を利用した。確か食堂車を仕切る親会社はホテル系が二店と旧国鉄系ともう一つあったが、ホテル系が入っている新幹線に乗れると新横浜を過ぎたら、すぐ食堂車に向かった。十六両編成の真ん中だった。当時関わっていた昼の番組で、あるコメディアンがホテル系ではない食堂がまずいと言ったことが問題になり、しばらくその局では新幹線系列のCMが流れなくなってしまったことがある。

この食堂車で嬉しかったのが、ギネスがあることだった。ホテル系の時はビーフシチュー、そうでない時はハムサラダとかサラダ系の物にギネスを頼んだ。別に走る景色を見たいから食堂車が好きなわけではなく、列車という空間に食堂があるのが嬉しかった。そういう意味で寝台車がある長距離列車や個室というのもワクワクされられた。日常の空間では、絶対ありえない状況がワクワクさせるのだ。それは子供の頃、押し入れが遊びの非日常空間になるのに似ている。一時期、東海道と東北の新幹線に個室があったが、あっという間に消えてしまった。最近、九州や北海道新幹線に個室や食堂車があるのも、そうした非日常を求める中高年齢層をワクワクさせるせいかもしれない。

食堂車がなくても、一人で汽車に乗ると飲むということを考えてしまう。東京駅で焼売と缶ビールを買い、新横浜を過ぎるとビールを開ける。そして焼売に取り掛かる。十五個入りだ。これをビール二缶で飲むか三缶で飲むかはその日の体調にもよる。一缶目を焼売八個で飲み、この途中で来た車内販売でもう一缶買い、これで残りの焼売七個で食べるのだ。一缶を五個でいけそうなときは二缶買って車内で一缶買う。当然一缶につき焼売五個である。なんだか東海林さだおさんの食べるエッセイみたいになってきた。

ビールを飲むために焼売を買うのだから焼売弁当ということはない。まして幕の内やスキ焼弁当、鰻弁当、深川飯なんてのは買わない。ビールが主役になりうる主食は、焼売の他にカツサンドや天むすなんていうのがある。要するに、ごはん主体は駄目なのである。ところが、仙台駅の紐を引っ張ると温かくなる牛タン弁当の魅力に負けた時期があった。何とも麦ごはんの温かさがいい。こういうときは自分の中で「麦ご飯はつまみになるからいい」などと呟いて、ビールのつまみ風に食べ進めていくのだ。この紐付き牛タン弁当、以前は東京駅構内に一日二回、仙台から輸送されていたが構内の改装工事の際に姿を消した。ところが二、三年前に復活したよと聞いて慌てて買ったことがある。これが違った。弁当と姿かたちこそ似ていたが、暖まって蓋を開けてみると麦飯ではないのだ。ご飯である。ご飯はよほどいい米でないとつまみにはならない。そう心の中でつぶやいたものの、すでに麦飯の牛タン弁当をつまみにするペースに合わせて飲み始めたビールは旅の醍醐味でもなんでもなくなり、ビールを伴ったただの慌ただしい食事に成り果てた。この場合は、非日常空間になっていない。ただ腹の空いた中高年が慌ただしく食事をしている空間は、公園のベンチで寂しくコンビニ弁当を食べる中高年の空間とほとんど変わりはないのだ。

一度、大丸の食品売り場に、予約すると三千円だか五千円の三段弁当を指定座席まで届けるというのがあった。非日常空間の好きなぼくが見逃すはずはない。早速予約した。弁当はちゃんと席まで運ばれてきた。慌ててホームで缶ビールと缶チューハイを買う。新横浜を過ぎる。さあ非日常空間の始まりだ。「さあ何から喰おうかな」とまた東海林さんみたいになっていく。あれはあれで楽しかった。

いちばん長く新幹線の食堂に乗っていたのは、大阪から乗って京都に着く前に入って東京駅に着く少し前に席に戻った時だ。七、八人で大阪に仲間のピアニストのライヴを見に行った帰りだ。サントリーのダルマのミニチュア瓶が来た。注文すればスコッチのミニボトルもあったはずだ。氷と水とわずかなつまみで、ぼくらはひたすら水割りを飲み続けた。名古屋を過ぎた頃には、ミニチュア瓶は、テーブルの縦の部分の向こう端に届こうとしていた。

「よし、この瓶がそっち端に着いて、そこでターンしてこっち端に着くまで飲もう」

こういうバカな提案はこの仲間の誰かからいつも出て、居合わせた全員が賛成するのが常だった。我々は実行に移した。浜松あたりからとにかく水割りを作ってしまって、新しいミニボトルを注文するという行為に変わっていった。もうこうなるとミニボトル往路、発着地に到着に賭ける決死隊だ。向こう端と先端の間はあとわずかだ。その空間に空き瓶を置いてみると、あと二つで到着する。すでに新横浜は過ぎていた。一時過ぎに乗った新幹線の窓の外は薄暗くなっていた。隣りのテーブルはとっくにこの馬鹿な試みは止めているがこちらは続けた。そして、東京駅到着前に試みは成功した。東京駅のエスカレーターでこれから新宿で飲もうと誘われたが、ぼくは真っ直ぐ自宅に帰った。

ウオッカの飲み比べ

『インディ・ジョーンズ』の一本目で、モンゴルの酒場でカレン・アレンがウオッカの飲み比べをするシーンがあった。ワンショットのグラスを飲み干すと、グラスを逆さにしてテーブルに叩きつけるのが何とも小気味よかった。

ウオッカのストレートを始めて飲んだのは札幌だ。ビアホールのはしごをした例の札幌の牧師のSさんのお宅に、大学に入った冬、スキー板を持って訪れた時である。着いた日、誘われたビアホールを出たところでSさんは、

「ウオッカを飲みに行きましょう。少し歩きます」

薄野の通りから札幌駅前通りに出て、駅を背中に大分歩いたところにその店はあった。雪こそ降ってはいなかったが冬の札幌だ。舗道は注意して歩かないと滑って転んでしまう雪道だ。

「ここです」

Sさんの立ち止まった所は、木のドアのロシア料理屋だった。ここで食事？　今夜のつまみで飲む予定の店はぼくの希望で「火の車」という炉端焼き屋に決まっていた。

「食事はしません。ウオッカを一杯飲むだけです」

中に入ると暑過ぎるくらいの室内は、手前にカウンターがあり、奥はテーブル席になっていた。カウンターに腰掛けてウオッカのストレートを二杯頼んだ。

冷やしたワンショット・グラスがカウンターに二つ置かれ、連れ添うように水の入ったコップがそれぞれ

に置かれた。バーテンがグラスにこれも表面が薄っすら凍っているウオッカの瓶から中身を注いだ。

「これは一気に飲みます」

そういうとSさんは、グラスを持ち上げ顔を少しだけ上向きにして一気に飲んだ。続いてぼくも同じことをした。少しだけ甘みととろみがある良く冷えたウオッカだった。

「じゃ、目指すお店に行きましょう。ウオッカを飲んでいますから外も寒くないでしょう。外に出ると酔いもさめますし」

ドアの外の寒さは頬に気持ちがよかった。本当に嘘のように酔いが醒めた。目指す「火の車」への二人の足取りは雪道も何のそのの軽やかさだった。

ウィスキーをああやって一気に飲んだことなど数度あるかないかで、それも西部劇の真似で粋がってやっただけだ。初めてこの飲み方をしてみて、おいしいと思わなかった。こういう飲み方は止めよう。飲み始めて二年ほどの酒のみの初心者は学習した。それがウオッカでイッキをやってしまった。しかも旨かったのだ。以来、冷凍庫で冷やして甘さととろみの出たウオッカをストレートで飲むときは、このやり方にしていた。

今世紀になって久し振りにそんな飲み方をしたのは加藤登紀子さんと一緒の時だった。お登紀さんのお母さんが開店したロシア料理「スンガリー」は場所こそ西武新宿線の線路沿いに変わったが、新宿で頑張っている。お登紀さんの仕事の打ち上げがこの店で開かれた。そこでウオッカソーダでおいしい料理を頂いた。食事も終わって生まれて初めてウオッカの飲み比べを体験した。相手はもちろんお登紀さんである。お登紀

さんが言いだしたのである。ぼくが『インディ・ジョーンズ』の話をすると、

「やってみる？」

酒が好きだが強いと自覚したことはないし、絶対無理な飲み過ぎはしないようにしている。つまり節度のある酒のみだ。と書いてみてよくぬけぬけとそんなことが言えるなと反省もする。結構、節度のない飲み方もすることはするが、「イッキ」といった急性アルコール中毒を招きかけない危険な目は避けるだけの分別がある大人だ。まして飲み比べなど、六十過ぎた大人二人がすることではない。

「やってみたいですね」

思っていることと裏腹な返事が出てしまった。ま、なんとかなるだろう。お登紀さんの挑戦をマジで受けてしまった莫迦もぼく一人だった。

冷えたワンショット・グラス二つと冷蔵庫から出したズブロッカがお登紀さんの前に置かれた。二つのグラスになみなみと注ぐ。

「わたしから行くわよ」

お登紀さんは馴れた手つきでグラスを開けた。逆さにしてテーブルに叩きつけるように置いた。ぼくも同じようにした。

二杯目。お登紀さんの動作はなおも淡々として、カレン・アレンのような意気込みみたいなものはなかった。テーブルに伏せたグラスを叩きつける音がした。すかさずぼくも同じことをした。

三杯目。お登紀さんは飲む。ぼくも飲む。

「この辺で止めておきましょうね」

そう言って微笑んだ。

ホッとした。もう一杯でぼくは倒れていたに違いない。

気がつけば熱海

「昔の芸人は、このまま熱海まで行っちゃったんだよな」

土曜の午後、代沢の寿司屋で滝大作さんがそんなことを言った。その言葉が忘れられなかった。

いつものように中野新橋の「美たか」で赤塚先生といつものメンバーで飲んでいた。誰かが言った。

「ラーメンかなんか食いてえな」

ふとその話を思い出して、ぼくも昔の芸人の真似をした。

「これから熱海に行かない？　熱海でラーメン！」

時間は十二時を過ぎていた。その場に居合わせたのは、滝大作さん、コメディアンでミステリー評論家の内藤陳さん、たこ八郎さん、振付の土居甫さん、放送作家の喰始さん、所ジョージさんのマネージャーの北さん、声優の白石冬美さん、イラストレーターの田村セツコさん、それにうちの事務所の放送作家の谷口先生……そんなメンバーだった。

「いいねぇ、乱暴で」

真っ先に反応してくれたのが陳さんだった。

「熱海に行って何するの?」

と田村さん。

「何をするってラーメン食べに……とにかく熱海に行ってラーメン食べて温泉に入って少し寝て、朝ご飯でビールを飲んで清算して新幹線で帰って来るってだけでいいじゃない」

とぼく。すかさず赤塚先生。

「それ面白い! だけどみんな金あるのか? 俺はないぞ」

「おれが持ってる」——陳さんの一言で実行に移すことになる。

ぼくは熱海のスナックの電話番号を探した。テレビ局の打ち上げで行った熱海の大宴会の二次会でGプロデューサーに連れて行ってもらった店だ。そこのマスターは元放送業界で働いていた人だ。

「これからタクシーで熱海に行って、泊るとこあります?」

「あるよ、いやというほどね。何人?」

指で数える。

「十一人。女性二人は一部屋。あとの九人で二部屋かな。お店は開いてる？」

「来るなら開けときますよ」

「どっかラーメン食べられるところある？」

「これからだと……、こっち着くのは四時過ぎ。札幌ラーメンでよければ空いてますよ」

「じゃ、これから行きます」

一応、マスターの電話を待った。すぐに電話があり、予約してくれた旅館の名前と住所を教えてくれた。

北さんの車は飲んでない本人が運転し、土居さんと谷口が乗り、残りの八人で乗る二台のタクシーを呼んでくださいと店のご主人の斎藤さんに頼む。北さんが不安そうに、

「じゃお先に行ってますけどね、ホントに来る？　向こう行って俺たちだけなんていやですからねえ」

「大丈夫、もうタクシー呼んじゃったんだから」

最初のタクシーに、女性二人と内藤さんとたこちゃんが乗った。すぐに二台目が来た。こっちは先生と滝さんと喰ちゃんとぼくだ。助手席に乗った。

ウトウトとしては目を覚まし、どこにいるか確認しましたウトウトするうちに熱海市内に入った。ぼくのつたない案内で二台のタクシーは五分の差もなく、無事に目指すスナックへと着いた。すでに到着してスナックの向かい側に車を止めていた北さんが、窓から嬉しそうに手を振っていた。

スナックで軽く飲んで、マスターに旅館まで案内してもらった。目の前がラーメン屋だった。旅館の人は

朝の四時も過ぎているのに愛想よく迎えてくれた。すぐ戻ると断って十一人はラーメン屋に伺った。

「餃子四皿にビール三本」

二つのテーブル席とカウンターに、思い思いに座った。ビールが来た。一応乾杯をする。皆ぐったりして、話は全くはずまなかった。ラーメンまで行ったのは二人ほどだ。寝る前に温泉に行く者は一人もいなかった。なんだか侘しい気持ちが先だって、とても昔の芸人の心境ではなかった。

八時半頃だろうか。目を覚ますと赤塚さんと滝さんがビールを飲んでいた。

「飲むか?」

「風呂から上がってから飲みます」

戻ってくると、広間での朝ごはんだった。ここでも全員の口数は少なかった。何だか虚しかった。

旅館代は割り勘にしたが熱海の駅で切符を買えない人間が続出した。陳さんがそれを立替えた。

昔の芸人なら帰りもタクシーだろうな。ぼくらはとても昔の芸人にはなれないことを知った。

一杯で倒れた酒

事務所のKに仲人を頼まれた。こっちも五十を過ぎての久し振りの仲人だった。さすがにこれが最後で、それ以降は仲人の依頼は来ていない。仲人を頼むのはせいぜい一回り違い位で、息子娘の歳から頼まれることはない。頼んだ男はやや晩婚だった。

「東京で披露宴をやる前に唐津で身内だけの軽い顔合わせみたいなことをやるつもりです」

披露宴も一月ほどに迫った日、バーでその男に言われた。

「俺も行った方がいいのかな？」

「いらしていただけるなら、飛行機のチケットを用意します。泊りは家に泊っていただいて」

博多空港から博多駅に向かった。まだ新幹線なんかない。与えられた唐津行の切符を手に、博多駅の改札口の上にある掲示板を見て発車ホームを探した。

唐津で降りるとホームでKが待っていた。

「親戚が運転してくれた車が待っています」

改札口を出るまでKは一人で喋っていた。

「どういう予定になっているの？」

「二時から家の広間で披露宴を、と思っています」

「披露宴？」

「はい」

「何人くらい来るの？」

「四十名ほどです」

「そんなに？　だったら俺は夫婦で来なくちゃいけなかったんじゃない？」

「……」

「身内で簡単にって言うから、挨拶がてら一人で来ちゃったんだけど、そんなちゃんとしたものならなんでカミさんを誘ってくれなかったんだよ」

少し言葉に怒りが混じっていた。

「すいません」

「そう言うことはちゃんと言ってくれないと」

駅前の駐車場の白いセダンの後部座席をKが開けた。

車に乗ると、運転席にいる式服を着た男性が振り向いて挨拶をした。ちゃんと式服を着ているじゃないの。やっぱりカミさんがいない仲人はおかしいじゃないか。男性はKのいとこと紹介された。

「それじゃいきます」

その男性はいきなり左手で右手首を回した。義手だった。ダッシュボードにそれを入れ、取り出したものを右手に装着した。それはキャプテン・フックのようなはてなマーク型の金具だった。それをハンドルに馴れた手つきで引っかけた。

「じゃ行きます」

不機嫌さに驚きで吹っ飛んだ顔に心配顔のKが声をかけた。

「すいません。片手落ちで」

これは本当の話だ。

妻のいない仲人の実家披露宴は恙なく終わった。後にわかるのだが、唐津は毎年十一月にある「唐津くんち」のお祭りで山車が回る先々の決められた家の広間で祭りの人のために豪華な食べ物と酒を振る舞う風習がある。だから、四十名も入れる大広間があったのだ。

披露宴も終わり、別の座敷でKの昔からの友達たちと飲み直すことになった。運転手をしてくれたフック船長も一緒だった。フック船長の右手は、クエスチョンマーク型ではなく元の五本指に戻してあった。

酒はもっぱら芋焼酎だ。もういい加減に飲んだ頃、黒い瓶を出してKが言った。

「こいつは黒砂糖の焼酎なんですがすごく強いんです。一杯飲んだら倒れるって酒です。これを飲んで倒れた奴を何回も見てます」

「一杯で？　まさか」

「飲んでみますか？」

「俺は倒れないよ。大丈夫」

新しいショットグラスが前に置かれた。フック船長もKの昔の仲間も、優しい笑顔でぼくを見つめていた。

誰を見ても「ほら、その気になった馬鹿がいるぞ」といった莫迦にした薄笑いを浮かべている奴はいなかった。目が覚めたら真っ暗な場所にいた。しかも、ふっくらした布団に寝かされていた。どこだ？　酒で死んでしまったのかまでは思わなかったが、光はどこからもなくただ真っ暗だった。あいつを飲んで倒れて……布団に寝かされて……男たちの笑い声や話し声が聞こえる。耳を澄まして声の方向を探す。そっちに四つん這いになって進むと、襖らしきものにぶつかった。そっと開けると明かりがさしこんできた。

「起きられました」——Kが言った。

「一緒にあの焼酎を飲んでくれたらよかったのに。これじゃ」——そのあとに、さすがに「片手落ちだ」とは言わなかった。

日暮里馬生宅の酒

まだ独身の頃の池波志乃さんの日暮里のお宅で三時から一時間ほどインタヴューをした。終わってカメラのTさんの要望で、下町らしいところで写真を撮ることになった。神社や植木鉢の並んだ路地で撮影が終了した。それからお宅に戻り、玄関を開ける前にお礼。

「今日はどうもありがとうございました。ぼくらは、じゃあここで失礼します」

「あら、飲んでいかれません？　うちに来ていただいたみなさんには必ず飲んでもらっているんですよ」

やさしく色香の漂う志乃さんの誘いを断れるはずもなかった。

インタヴューをした部屋に戻ると、ぼくら二人は取り残された。しばらくして志乃さんと、お母さん（馬生師匠のおかみさんだ）が酒とつまみをお瓶に乗せて登場した。

冷の酒が皿の上のコップになみなみと注がれていた。そして箸が一膳に、皿に乗ったためざし一本が乗った一人用の盆。それだけで粋を感じた。コップを合わせて「お疲れさま」をした。そして各々が最初の一口を口に入れた。

「お酒はなんです？」

「菊正です。家は祖父の代からこれに決まっています」

志ん生と馬生が飲んだ酒。何だかドキドキしてきた。

「お酒にめざし一本なんですよ」

「いいと思います。粋というかなんていうか、いいですともかく」

すっかり雰囲気にのまれている。

グラスが半分くらい空くと、志乃さんは後ろから菊正宗の一升瓶を出して継ぎ足してくれた。

「ちょっと志乃、開けて」

お母さんの声だ。

「なによぉ」

志乃さんが襖をあけると、お母さんの持つ大きなお盆の上には茹で玉子やハム、ソーセージなどが豪勢に乗ったサラダの大きなボウルとプロセスチーズと乾きものをたっぷり乗せた皿が乗っている。もっと何かあったと思う。

「もう、めざしと菊正でいいのに。雰囲気壊れちゃうじゃないの」

「若い人はめざしよりハムやソーセージやチーズの方が好きだと思って」

それからウィスキーになった。時計を見ると七時半。中野サンプラザホールの小会場で、知り合いのNさんの出版記念会が七時から始まっている。

「七時から知り合いの出版記念会があるんですけど。ご一緒しませんか」

何を言ってるんだという気持ちも少しあったが、着物姿の楚々としたこの女性は絶対断らないという確信があった。確信があったのは、大分酔っ払っていたからに過ぎない。

「お邪魔じゃありません？」

「邪魔なんて。志乃さんがこの格好で来ていただけたら掃き溜めに鶴！　みんな喜んじゃうはずです」

「じゃちょっと支度して」

ぼくら三人は、呼んでもらったタクシーで中野を目指した。酔いが回って、明日目を覚ましても、車の中で何を話したのかは全く思い出せない状態になっていた。

ぼくは得意げに会場に入った。八時半を回っていて、パーティはもう終盤だった。早速司会の井家上隆幸

さんからスピーチを促された。壇上に上がり、主役のNさんのことを一通り持ち上げてから、

「それとNさんへのプレゼントと言ってはなんなんですが、是非、ご紹介したい方がおります。女優の池波志乃さん！」

志乃さんは壇上に上がって「おめでとう」の挨拶を実に愛想よくしてくれた。遅れて行ったぼくの面目は立ったような気がした。

会場でもだいぶ飲んだせいか、ぼくはその後のことを覚えていない。気が付いたら自宅に帰ってベッドにいた。志乃さんはどうしちゃったんだろう。

事務所でカメラのTさんに聞いた。

「最後どうなったの？　志乃さんほったらかし？」

「俺も酔っ払って覚えてないんだよ」

どうやらほったらかしだったようだ。なにかとんでもないことをしてしまった。合わす顔もない。ぼくは青ざめていたに違いない。謝罪の電話も怖くてできなかった。

三十数年後、あのとき司会をしていた井家上さんの出版記念会で中尾彬夫妻に会った。中尾さんに初めて会ったとき「志乃のインタヴューをした人だよね」と言われていた。

「覚えてる？　志乃、この人？」

「覚えてますよ」

その言い方は、かなりつっけんどんだった。悪い記憶に違いない。女の人をエスコートするときは酔っ払ってはいけない。

酔っ払って披露宴のスピーチ

ビリー・ホリデイの歌を集めて桃井かおりさんが歌うアルバム『かおり・シングス・ザ・レディ』の録音終了を祝って、レコードの原板を一関のジャズ喫茶「ベイシー」の巨大なスピーカーで聴こうという企画が持ち上がった。かおりさん、レコードをプロデュースした伊藤八十八さんと数か月後の彼の誕生日の八月八日に結婚式を挙げる相手の妙子さん、企画制作のぼくの四人でベイシーに行き、夜はベイシーのマスターで写真家でエッセイストの菅原昭二さんの車で行く花巻温泉に泊るという計画だ。ぼくは翌日の五時から野田秀樹さんの披露宴で主賓挨拶を頼まれていたので明日は、夕方五時までに帰ればいい。

八十八さんのカップルとは新幹線の車中で落ち合うことにして、かおりさんを拾って上野駅に向かった。開業して二年目になる東北新幹線のグリーン車はガラガラだった。指定の車両のドアが開いたすぐ右に、海老名香葉子さんがマネージャーの若い女性と腰かけていた。

「あら高平さんじゃない」

ぼくはなぜか慌てた。この瞬間、ぼくとかおりさんがカップルなわけだ。海老名のおかみさんは変に勘ぐるかもしれない。

「あ、桃井さんです。こちら海老名香葉子さん」

そう紹介しただけで、ぼくは頭を下げて八列ほど先の左側の席にかおりさんと座った。八十八はまだ来ない。やがて、新幹線が走った。乗り遅れたか？　そんなことになれば、ぼくは一関までかおりさんと二人きりだ。やっぱりわけありのお忍び旅行だと勘違いされるに違いない。いまのうちに、これはレコード完成の記念で巨大なスピーカーのある一関の店でレコードプロデューサーと……そう話しても疑われるに違いない。一人でやきもきしていた。そこに、八十八カップルが現れた。

「悪い、悪い。ギリギリで近くの車両に飛び乗ったもんで」

ホッとした。一息ついてから八十八さんを連れて、おかみさんの席に行き紹介した。もうこれで疑いは晴れるだろう。

計画は無事進行し、翌日の三時台に上野に着く新幹線に乗った。車中で上野から神田に行き、「やぶ」で天抜きとあなごで一杯やって、せいろうを一枚食べて締めようという話になった。

「やぶ」に着いたのは四時少し前だった。三十分はいられる。新宿で五時に始まる披露宴に間に合う。だが甘かった。ビールで始めて熱燗になった。車中でも缶ビールを飲んでいて、すっかり出来上がっていた。気が付くととっくに三十分は過ぎ、五時まではもう十五分しかない。三人を残して、店を飛び出しタクシーに乗った。受付には、やきもきした劇団座員の田山涼成さん一人がいた。

「間に合った？」

「間に合いません。仕方がないから主賓挨拶は別の方にお願いしました。髙平さんは乾杯の音頭をやってください。早くいらしてください」

　ぼくの腕をつかむと田山さんは小走りになり、ぼくも走ることになった。酒が回る。

　会場に入るところで田山さんに止められた。

「ちょっとお待ちください。この挨拶が終わったら乾杯ですから」

　スピーチが終わったらしく拍手が聞こえる中、席に案内された。司会の同じく座員の人がぼくを見つけた。

「只今、髙平さんがご到着されました。髙平さんには申し訳ありませんが、すぐ乾杯の音頭をお願いします」

　自分の席につく前に壇上に上がった。

「えーどうもお二人、おめでとう。遅れてすいません。実はなんで遅れたかと申しますと……」

　それから、ぼくは昨日、おかみさんに新幹線で出会って慌てた話から、帰りの新幹線で「やぶ」で締めることに決まり、気が付いたら五時十五分前になっていたという話をした。ちょっと長くなったので急いで結論に向かった。

「えーまぁそういうわけで披露宴に遅刻してしまったわけですが、本日は新郎新婦、ご親族の皆さんおめでとうございます。皆様、お手元のグラスをお取りになりご起立願います。カンパーイ！」

結局、野田さんのことも新婦のことも何にも触れずじまいだった。拍手は来たが、反省もした、あんなスピーチでよかったんだろうか。

同じ年、座員の一人から披露宴をするから乾杯の音頭をお願いしますと頼まれた。

「野田さんのときのああいうスピーチをお願いします」

ああいうスピーチって言ったって、野田さんは洒落が判るからやったんで、ああいう事件がそうそう披露宴前にいつも起こるわけじゃないし。

何とか無事に過ごしたその披露宴の翌年、今度は田山さんの披露宴の主賓挨拶を頼まれた。

酒を飲むといやらしくなる

「酒を飲むとなんでいやらしくなるんだろう」

普段下ネタなど口に出さない役者のNが、数人で飲んでいる席で突然言い出した。そうするとNの奴、酒を飲んで若い女優なんか口説いているんじゃないか？　そう口に出しそうになったが、他にいるメンバーの顔触れを見て踏みとどまった。

「どということない女と飲んでいてさ、酔っ払ってくると、急にそいつが綺麗に見えてきたりしてこないか？」

「あるある。で、気が付くとそいつとホテルにいてね」

ぼくもNも似たような経験があっても、そういう風に展開した話題には、うかつに乗らない。が、Nが出した話に乗って急に熱く話し出した他の二人の話は止まらない。

「そうそう。それでさ、朝起きてしらふになると、とんでもない女が隣にいたりしてね。ああいうのを一夜の過ちって言うんだろうな」

他のメンバーだったら、ぼくもそんな鼻持ちならない話をしていたかもしれない。二人の話に乗らなくてよかったとホッと胸を撫で下ろす。

「どうしてだろうね、飲むといやらしくなるのは？」

一人が待ってましたとばかりに知識をひけらかす。

「アルコールを摂取すると脳内快楽物質のドーパミンの分泌量が増えることが原因なんだよ。ドーパミンは中枢神経にある神経伝達物質——またの名を脳内ホルモンというんだ、これが増えると性欲も増えるんだな」

なんだか話が面白くなくなり、別の話題になった。

新幹線やバーで隣の席に美女が座り、彼女と知り合いになるという願望は男なら誰でもあった。たまに隣に美女に座られて、折角買った漫画雑誌をカバンから出せなくなったということもあった。

ニューヨークから帰る飛行機の隣席に、女性が座ったことがあった。通常より遅れて座ったのが細身の女性だとは気付いたが、顔を見る勇気も好奇心もなかった。やがて食事になった。隣りの女性は運ばれた機内食を見て、器に感嘆したのか思わずつぶやいた。

「まぁ素晴らしい器」

それから食べるものと器にいちいち感動し、あっという間に食事を終えてしまった。ぼくは大してお腹もすいていなかったので、酒のつまみになる二皿以外は全く手つかずのままだった。自然に言葉が出た。

「失礼ですが、ぼくは食事をして来たので、よかったら召し上がりません？」

この時初めて女性の顔を見た。個性的だが美人のもう少し手前くらいまではいっている顔をしていた。失礼な申し出だったかもしれないが、女性は嬉しそうに、

「いただきます」

そして、ご飯も残さず平らげてしまった。

「器に感動していましたね」

と言うと、問わず語りに身の上話をしてくれた。南米のある国の日本人学校の教師を務めていて、これが何年振りかの帰国だという。働き先の街にある日本食屋に時々行くが、定食屋みたいな食器ばかりでこういう器に出会ったのは日本にいた時以来だという。

それから、機内でしばらく話が続いた。ぼくはブランデーのソーダ割、彼女もペースは遅いがワインか何かで酒に付き合ってくれた。

一時間も飲んでいると、ドーパミンが増え始めた。美人のもう少し手前だなんてとんでもない。列記とした美人じゃないか。やっぱりこういう素晴らしい出会いもあるもんだ。世の中捨てたものじゃない。

ぼくたちは連絡先を交換した。携帯電話が普及する数年前だった。来月公演がある翻訳演出を頼まれたミュージカルに招待をする約束までした。

「眠くなってきちゃった。しばらく休みます」

それから一時間ほど飲んで、ぼくも眠ることにした。

成田に着いた。手荷物受取所まで一緒だった。ドーパミンの分量がどんどん少なくなってきた。

「彼女に電話をしなければいけないんだろうか？　さっきのメモをなくしてしまおうか」と思う一方で、わずかに残っているドーパミンが「いや、中々いい女だぞ」と耳元で囁く。

空港を出て別れることになる。「さりげなく去るんだ」――ぼくの良識がそう言う。「電話しますねくらい言うんだ」――ドーパミンの声。結局、ぼくはこの声に負けた。

後日、電話をする気もなくなっていたが、飲んで泊った地方のホテルでドーパミンに囁かれ電話をしてしまった。この話、ぼくの良識とドーパミンの戦いの後、結局は彼女の良識が勝つことで終止符を打った。

血圧二一七に上げた酒

暮から正月にかけてよく飲んだ。ほとんどうちだ。酒の大半は、焼酎のお茶割だった。

新しい年の最初の仕事が、五日のＦＭの対談だった。神宮球場の側のスタジオには、車で行った。その日の二本の録音は南伸坊さんと野田秀樹さんだ。南さんの対談を終えて、気持ちが悪くてトイレで吐いた。二日酔いだ。ろくに物も食べていないので、胃液に血が混じっていた。トイレから出て急に鼻血がでた。

二人目の野田さんに会うなり言われた。

「どうしたんだよ。赤鬼みてえな顔しやがって。また飲み過ぎか」

帰りの運転が辛かった。目の前がボーっとしているのだ。シートをできるだけ前にして、顔をハンドルの前まで持って行き慎重に二四六を運転した。

ようやくたどり着いた。誰もいなかった。地下の自分の部屋に行けば、カミさんが帰って来ても気づかれない。居間にいよう。夕方になって日も暮れかけていたが、電気をつける気力もなく居間の板の間に横たわった。冷たい板が頬に心地よかった。帰ってきたカミさんが血圧を測った。上が二一七あった。血圧は高い方で、いつも一五〇から一六〇台だったが、二〇〇を超えたのは初めてのことだ。「鼻血が出たからよかったんだ。

頭の中が切れていたら大変よ。鼻血が出て助かったのよ」とカミさんに言われた。そのままカミさんの運転で近所の医者に行った。

即入院と言われたが、ここから家も近いので自宅静養することにした。二階の日本間に布団を敷いて十日ほどそこで寝ていた。起きて外に出たのは、矢代静一さんのお通夜が最初だった。そこで野田さんに会った。お互い黙ったままだったが、改築したばかりの四谷の聖イグナチオ教会を出たところで誘われた。

「どっか飲みに行かない？」

少しだけ躊躇した。

「あのね。この前録音で会ったとき、俺の顔見て赤鬼みたいだって言っただろう」

「あの日に限らねえよ。いつも飲んでるから、いつも赤い顔しているじゃない」

それほどの飲兵衛じゃない。

「どうせまた飲み始めるんだろう？　だったら今夜からっていうのもいいじゃない」

「血圧が二一七もあったんだぞ」

「血圧があるだけいいよ。なくなりゃ死んでるよ」

全く口の減らない奴だ。

「解禁するか？」

「しようぜ」

それが倒れて以来の酒だった。こいつに会った日に止めた酒を解禁したのがまたこいつに会った日というのも何かの縁だ。ほどほどに、いや、そこそこに飲んで帰宅した。

それから晩酌でもそこそこ飲み始めたが、しばらくは二階の日本間で寝ることにしていた。酒を飲んで帰っても、ベッドに倒れ込むまで飲んじゃいけないという気持ちが、畳に敷いた布団に帰る自分にしたのだ。

通夜から十日ほど経ってたろうか。布団で寝ようと思って消そうとしたテレビから、中高同級生の景山民夫が火事で重体という報が入った。妻は慌てて民夫の前のカミさんに電話して、病院を知った。

血圧二一七に始まり中高同級生の死までの三週間で、初めて自分の死というものに直面した。

民夫の死から酒も以前のような状態に戻った。

脳梗塞で入院するまでそれから十年もあった。その十年間、血圧が二百を超えることはさすがになかったが、血圧に対する予防法は何もしなかった。

降圧剤を飲み始めたのも、あの入院以来だ。いまでも降圧剤は続けているし、三ヶ月にいっぺん、最初に検査してくれた脳外科医の先生のところに行っている。その先生に指示された通り、毎日朝夕血圧を測っている。

だいたい病気には無知なので、最初のうちは飲み過ぎると血圧が上がるものだと思っていた。二一七になったのは酒のせいだったからだ。でも、酒を飲んで図ると血圧は低い。その辺のことを真面目に先生に聞いてみたことがある。

「酒を飲んだ直後は血管が開くから血圧は低くなるんです」

「あっそういうことなんですか。酒の飲み過ぎで上がると思ってました」

「お酒をたくさん飲む人は血管内皮細胞が弱っていて、血圧を下げることが出来なくなるんです。飲んだ朝は血圧が高いでしょう」

情けないことに六〇を過ぎてそんなことにまで無知だったのだ。どうも大人になるのが遅すぎる。

酒と煙草の関係

煙草を止めたのは、六十歳になる数か月前だった。カミさんが家を開けていた土曜日の昼、娘に「お寿司でも食べに行かない」と誘われた。「帰りはわたしが運転する」と言われたので、渋谷の寿司屋に車で向かった。途中、娘に言われた。

「父、呂律が回ってないんじゃない？　お寿司屋さんでも飲まない方がいいよ」

「まだ完全に目が覚めてないからだよ」

寿司屋でいつものように生ビールから始め、熱燗一本、焼酎のお茶割と進んだ。ひとつのコップが空く度に娘から「もう止めておきな」と言われた。緑茶ハイが空になったところで、娘が寿司屋の親父に聞いた。

「父、呂律回ってないでしょう?」

「そういえばそうですね。いつもと少し違います」

緑茶ハイのお代りを頼みづらくなった。

帰ってそのままベッドに入った。あの当時、土曜日は昼酒を飲んで夕方まで寝てしまうのが習慣になっていた。

「起きて! 病院に行くから」

娘に叩き起された。それから、娘の運転で狛江の慈恵医大に向かった。

「ママに電話したら、ママ、慈恵のN先生に電話したの。検査するべきだって先生がすぐ脳神経外科を予約してくれたんだって」

夜、六時半、検査が終わった。妻が出先の軽井沢から戻っていた。

「脳の血管が一か所ですが詰まっています。まだ小さなものですが、今のうちに治した方がいいに越したことはありません」

レントゲン写真の芥子粒もない黒点を指して医者に言われた。入院が決まった。

十日ほどの入院後、今後の注意を言われた。

「お酒と煙草は止めた方がいいですね」

答えは決まっていた。

「煙草は止めます。お酒は止められません」

「ま、じゃ、お酒の方はたしなむ程度で」

「お酒をたしなむなんて行為はできません」

「ま、じゃそこそこに」

「はい、そこそこにします」

退院後、一月ほどはそこそこにした。

それより不思議だったのは、煙草を簡単に止められたことだ。なんで煙草が止められたのだろう。ぼくはヘビー・スモーカーではなかった。一日一箱とか二箱、二日で三箱とかいろいろ言う奴がいたが、ぼくは三日で二箱のペースで何十年とやってきた。ヘビー・スモーカーに比べたら、そもそもぼくは煙草が好きじゃないのかもしれない。いろいろ考えてみて、ある種の結論に達した。

「ぼくが煙草を吸っていたのは大人ぶっていたからだ」

この結論に十分納得したが、周りの人に言うと笑われた。

「もうすぐ六十になる男が大人ぶるもないもんだ」

そもそも煙草を始めた最初が大人ぶるためで、いまだにその気持ちを引きづっているような気がしてならない。酒場で煙草を吸っている自分を自覚するたびに大人ぶりやがってと思ってしまうことがしばしばあったのだ。

酒はそうじゃない。大人ぶって始めたのは最初だが、いつの間にか大人の酒になってしまった。逆に、時として若造のような飲み方をして反省してしまうくらいだ。

こうして止めた煙草だったが、五、六年して久し振りに吸った。バーで一緒に飲んだ昔からぼくと同じロング・ピース党だったTの目の前に置かれた黄色いパッケージに、懐かしさがふつふつとわき上がった。思わず「一本くれる?」「どうぞどうぞ」——久し振りの一本は旨かった。

酒を飲むとタバコが吸いたくなる。逆もある。これはどちらも快楽に対する脳の神経を鈍くするので、さらにどちらかを求めるのだという。こういう快楽に溺れてしまうと、ついには危険なドラッグがもっと危険な領域まで行き、もう元に戻れないことになる。煙草も酒も、そうした危険な道に入る道標なのかもしれない。

この一本はTと飲むと習慣になった。友人の映像作家のFさんも同じくロンピー派だったので、彼と飲むときも一本貰った。そのうち一本が二本になった頃、Tは会う度に平べったい缶に入った千円のロンピーをくれるようになった。この煙草を、三年前に引っ越した家で浅間山を眺めながらゆっくり吸った。一缶で二月ほど持った。

そして昨年、ぼくは久しぶりに煙草を買った。Fさんが吸っていたロング・ピース・ライトだ。一月持った煙草は、半年後には月二箱になり……瞬く間のように週一箱になった。そろそろ止めて、煙草を吸うのは喫煙ができるバーだけにしよう。しかも飲んでいる相手が喫煙家だったとき、一本だけもらい煙草をする習慣に戻そう。

病室で副院長と鍋をやる

脳梗塞で入院したとき、カミさんは奮発して個室を取ってくれた。点滴やら薬やらは飲まされるが、頭がボーっとするとか痛いとかということはなく普通と変わりがないと言えばない。ただ、酒が飲めないのと煙草が吸えないのが日常と違う。さすがに、この二つが原因と言われているだけに、いつもと違う日常を素直に受け入れる。退屈だから本を読むかテレビを見るしかない。

食事——これがまずい。何日か我慢したが、カミさんと娘が時折旨いものを持って来てくれるので助かった。基本的には塩分控えめだとかいうのがあるのだが、少しくらいならいいだろうと医者や看護婦にも相談なしに勝手に決める。

「ねえねえ、ＩＨコンロが台所にあるよ」

この個室、台所まであるのだ。あちこちを娘が開けている。

「ＩＨのお鍋もあるぅ。お鍋ができるよ」

鍋を持って娘が戻ってきた。

「今度来るとき、鴨鍋セットを持ってくるからＮ先生と二人で鍋やったら」

Nは中学高校からの親友で、ここの大病院の副院長だ。

「いいのかなぁ、病室で鍋やって」

「だって卓上IHコンロもIH鍋もあるんだからいいんじゃない?」

次に娘が来たとき、本当に鴨鍋セットを持ってきた。同行のカミさんは錦糸町の三由の鰻の白焼き折を一人前持って来てくれた。

「鍋があるから鰻は一人前だけど二人で突いて」

妻と娘はすぐに帰った。どうせどこかで二人で旨いものでも食べるのだろう。早速、Nに電話をする。

「病院の食事を片付けた頃、部屋に来ない? 鰻と鴨鍋があるんで、缶ビールを持っておいでよ」

「鍋なんか食べられるのかよ?」

「この部屋に卓上IHコンロもIH鍋もあるんだからいいんじゃない?」

娘の台詞を復唱した。

「じゃ、七時頃行くわ」

病院食はおざなりに突いて廊下に出しておいた。

Nがきた。早速、鍋に火を入れた。

「缶ビールは? 俺は飲まないけど」

Nは持参したカバンの中から缶ビールを二つ出した。

「わざわざカバンに入れて？」

「見つかったらやばいじゃん。これ二本とも俺のだよ。高平は酒はダメだぞ」

「それくらいの常識はあるよ。とりあえず鰻から行こうか」

鰻の折を開けてNの前に出した。山椒の袋を切って、全部かけた。Nは早速、プルトップを引いた。いい音がした。

「高平は食べないの？」

二人で突こうと言おうと思ったが、旨そうに食べているので、

「おれは鍋のスープ中心。病人だから」

「そうだよ。お前は病人なんだよ」

そろそろ鍋が煮えだした。二人で鍋をつつき始めた。その時、病室のドアが開いた。年配の看護婦さんが慌ただしく入ってきて、

「N先生、病室でお鍋は止めてください。火災報知機が反応しますよ」

それから部屋のカーテンを閉めてドアのところまで来て、

「止めてくださいよ」

そう言い残して部屋を出た。仕方なくコンロを止めた。

「副院長だろ。バシッと言ってやれよ。俺はいいんだとか」

「看護婦長にああ言われるとまずいんだよ。俺、帰るわ」

一缶目のビールを飲み干して、空き缶をカバンに入れた。折を手にすると、

「これ、持って帰っていいいい？」

「もちろん」

「うちに帰ってゆっくりやるからさ」

かわいそうになるくらいNは落ち込んでいた。

「じゃあな」

Nは申し訳なさそうな顔のまま病室を後にした。本当に婦長さんが恐いのだろう。翌週の会議で糾弾されたらどうしようなんてことで、頭がいっぱいになったのだ。

残ったぼくは鍋を台所に片づけた。まだ温かいがすっかり食べる気をなくしていた。だいたい酒なしの鰻や鍋が旨いはずがない。ぼくはビール好きのNが旨そうにビールを飲み、嬉しそうに鍋をつつく姿が見たかったのだ。

でも、病室で鍋をやるなんてことは、やっぱりいけないことなんだろうな。力道山ならやっただろうな。酒も。でもぼくは力道山じゃないし……。

人生の壁にぶつけた酒

酒にまつわる思い出には、和田アキ子さんがよく登場する。でも、あの方は少なくてもぼくらの前では信じられないほど凶暴になったり理不尽に怒ったなんてことはなかった。「小指の想い出」は、ぼくがしつこく耳に息を吹きかけた報復なのだから。で、次の話には直接関係はしていない。これも酒のせいでのぼくの過失の話である。

アッコさんとマネージャーとぼくの三人で飲んだ晩だ。

その日も、酒席を終わらせてしまうのが嫌なアッコさんは、「もう少しだけウチで飲もう」と言い出した。断われるはずもなく笑顔で、お宅に伺った。一杯目で乾杯したものの、話も先に進まず三人の会話も途切れてしまった。マネージャーもぼくもかなり酔っ払っていたが、彼女はその段階も過ぎて眠くなっていた。

「お開きにしよう。高平、運転手に送らせるから」

ぼくは遠慮したが、言い出したら聞かない。さわらぬ神に祟りなし。言う通りにした方が身のためだ。指を折られる前に帰ろう。

マネージャーが車まで送ってくれた。後部座席のドアを開けて、運転手さんが待っていた。何だか偉そうなので、

「隣りに座ります」

といって右側にある助手席に乗った。マネージャーに挨拶するために窓を開けてもらうと、大きなリンゴの二つ入ったビニール袋を渡された。

「アッコさんが奥さんにお土産だと言ってました」

ぼくは家の行先を告げると、「存じ上げています」と言われた。そういえば、前にアッコさんと飲んだときも彼女が乗ったまま家まで送ってもらったことがあった。

そのうちすっかり眠ってしまった。

「着きました」

その声と共に助手席のドアが開いた。一瞬、タクシーと勘違いをしてメーターを見る行為をした。

車を降りると、運転手さんにお土産のビニール袋を渡され、「どうもありがとう。おやすみなさい」と言って三歩踏み出した。おでこと鼻の頭が思いきり何かにぶつかった。瞬間正気に戻り、ぶつかったのが、自宅前の家の石塀であることに気づいた。おでこから血が出ている。

「大丈夫ですか」——向こうのドアに戻りかけた運転手さんが心配そうに戻ってきた。心配をかけちゃいけない。ぼくはおでこの血を隠すようにして「なんでもないから」と答えて、車を出すように促した。

いつもならタクシーで起こされると、料金を払って左側で降りて五歩ほど進んで玄関のドアがある。その晩も、目が覚めた途端はタクシーと勘違いした。右側の助手席のドアを開けられ、いつもの足取りで五歩歩くつもりが三歩で壁にぶつかったのだ。

うちに帰って鏡を見ると、おでこからは血が流れ、鼻の頭は赤くすりむいていた。起きてきたカミさんに連れられて、そのまま近所の夜中もやっている病院に行った。おでこと鼻の頭にヨードチンキを塗られた。

「これ消えるかなぁ」

「大丈夫よ。明日には消えてるよ」

カミさんに言われた。翌日は昼から、仲人を頼まれている唐津のKの披露宴だ。この顔で人前に、しかも仲人として出なければいけないのだ。

翌朝、鏡を見ると鼻の頭についた擦り傷は、簡単には消えない。おでこは髪の毛で隠せる。

「大丈夫よ。近くじゃないと分からないから」

カミさんはこういうとき、いつも他人ごとにしてしまう。

ホテルの控室に行くと、新婦が心配そうにぼくの鼻の頭を見た。自分のことのように心配してくれた。

「姉がメイクが本業なのでなんとかします」

ウェディング・ドレスのまま部屋を出て、彼女の姉さんを連れて来てくれた。姉さんは無言で化粧バックを開けると、

「これならファンデーションで隠せます」

鏡の中でぼくの鼻の頭の擦り傷が消えていく。酒焼けで真っ赤になった鼻の頭に、いつも白粉を叩いていた『仁義なき戦い』の金子信雄を思い出した。

仲人挨拶は、気の利いたことを何も考えていなかった。そのとき、ふとひらめくものがあった。野田のスピーチのように行き当たりばったりでやってみるしかない。

仲人挨拶が来た。立ち上がって自分と新郎の関係を一通り話してから、二人の履歴に入る前に、ぼくは言った。

「実はわたくし、昨晩人生で初めての壁にぶつかりました」

それから和田アキ子さんと飲んだ話から、運転手さんに送ってもらって、タクシーの感覚と間違えて、自宅の前の石塀にぶつかった話をした。会場は十分暖まったので、二人の履歴紹介から始まる通例の話にも、適度にくすぐりを入れて笑わせることに成功した。

もう一杯飲んで帰ろう

そろそろお開きにしようということになる。どういうときかと言うと、誰かの最終電車のなくなる頃、誰かが酔い潰れてしまった頃、こっちが帰らなきゃいけない時間になった頃、こっちがもうこれ以上この面子で飲んでいたくなくなった頃……理由はいろいろだが、飲みを閉めるのになぜかこの言葉が出ることが多い。

「もう一杯飲んで帰ろう」

その言い方も「つっけんどんに」「懇願するように」「まだ飲み足りない奴を宥めるように」といろいろだ。

焼肉とか鍋とか中華とか食べる目的なのに、しこたま飲んで店を出ると実に半端な時間だったりすることがある。こういうときも、

「一杯だけ飲んでいこうか」

になる場合が多い。行った先のバーで、本当に一杯だけで帰るケースはほとんどと言っていいくらいにない。それなら「もう一杯」と言わずに「もう一軒」といえばいいのだ。

「もう一軒」と言って、行った先は京都のスナックだった。仕事でキャストスタッフは明日の公演もあるのですでに大阪へ向かった。ぼくは京都に来れば是非会っておきたい京大の喜志哲雄先生に会うため、公演のSプロデューサーを誘って三人で飲み始めた。聞けば河原町から大阪に行く最終は、〇時二十五分だ。ということは〇時まで飲める。今は九時半だから二時間半はある。ところがこういうときに限って、時間が経つのが遅い。十一時頃にはすでに話題もなく、沈黙の時間が過ぎていく。だが「そろそろお開きに」という声は誰からも出ない。それが突如、何かの話題で話が弾みだした。〇時を過ぎても、ぼくもSさんも帰ろうという素振りはない。ついに〇時十五分。さすがにぼくが「そろそろ行かないと最終に間に合わない」という

言葉を出す。Sさんは予想通り「折角話が盛り上げっているんだから、今夜はタクシーにしましょう」と言い出す。最終を逃してしまうというのは、それはそれでなんだかワクワクする。結局店を出たときは、すでに外は明るくなっている。ワクワクはなく虚しさが募るのだ。

大晦日の午後に一人で行く蕎麦屋があった。自宅から歩くと二十分以上、バスで二駅、タクシーでワンメーターを超えるか超えないかの距離だ。

つまみでビールから熱燗といったときは、店に入って三〇分も経っていなかった。外を見ると雪が降り出している。

「いいねえ。雪見酒」

酒のみはなんでも酒をつけてしまう。花見酒、月見酒、雪見酒……あれっ？　夏がない。夏はなんだろう。星見酒なんてのがあるのかなぁ。浴衣酒、涼み酒、七夕酒……どれもしっくりこない。夏は暑いから黙ってビールでも飲んでりゃいいのかもしれない。

熱燗からそば焼酎のそば茶割も二杯目になった頃、雪はさらに激しくなってきた。外はタクシーどころか車も通っていない。でも、この二杯目が終わったら帰るつもりでいる。いや、もう一杯だけ飲もう。予約した年越し蕎麦を持って帰るつもりだから、仕上げのせいろうは食べないで勘定をして外に出る。

雪はますます激しくなっている。タクシーは通る様子もない。バス停の時刻表を見ると、二〇分は待つ。その間、蕎麦屋で待たせてもらおうと思ったが、相席の席を立った後にも並んでいた客がすぐ埋めたし、店の外にも二人の客が待っている店に戻れるわけがない。この寒さの中、二〇分バス停で待つのは苦痛だ。二〇分あれば家に帰れる、雪で道が悪くても三〇分はかからない。早速歩き出す。途中でタクシーが来れば乗ればいい。歩きながら時々後ろを振り返る。近場に行くときタクシーがないと、とりあえず目的地まで歩き出し、時々振り返り空車が来ないかを確認する。前から来る空車を探せば簡単なのだが、少しでも目的地の近くまで行こう。逆に行けば、料金がもうワンメーターは増えるという貧乏根性がそうさせる。後方から来る空車に期待してしまうのだ。

大降りの雪はますます激しくなる。まるで雪国の降り方だ。少なくても二メートル先が見えなくなっている。それでも一歩一歩、家に向かって歩を進める。だんだん不安が募る。雪道に迷うなんてことはありえないが、それでも遭難という文字が浮かぶ。「八甲田山」だ。そういえば札幌で空車がなく、飲んだ場所からホテルまで歩いたときもこんな気持ちだった。あのときはもっと切実だった。夜中にホワイトアウトした大雪に出会って、正直不安になった。行き倒れて明日の九時頃発見されるのではないか。雪国ならそんなことは起こり得るが、三軒茶屋から代沢への道程で行き倒れるなんて洒落にもならない。ようやく家にたどりつく。それから二時間。暗くなる少し前に雪はやみ、月が出るころには道路の雪もすっかりなくなっていた。

今夜は雪見酒は無理だ。でもいい。大晦日だ。大晦日から正月といえば飲むしかない。家で飲む酒には「もう一杯」がない。酔い潰れたら、あとは寝るだけだ。

つくづく思う。そうまでしていろいろ考えて飲みたいのかと。

酒と莫迦の日々

2018年５月12日　初版発行

著者＝髙平哲郎

発行人＝内田久喜

編集人＝松野浩之

編集協力＝立原亜矢子、江藤優子

営業＝島津友彦

本文デザイン＝武藤将也 (NO DESIGN)

装丁者＝平野甲賀

発行所＝ヨシモトブックス
〒160-0022 東京都新宿区新宿 5-18-21
☎ 03-3209-8291

発売＝株式会社ワニブックス
〒150-8482 東京都渋谷区恵比寿4-4-9 えびす大黒ビル
☎ 03-5449-2711

印刷・製本＝株式会社光邦

本書の無断複製（コピー）、転載は著作憲法上の例外を除き禁じられています。
落丁本、乱丁本は㈱ワニブックス営業部宛にお送りください。
送料小社負担にてお取り換え致します。

©髙平哲郎／吉本興業
Printed in Japan
ISBN 978-4-8470-9672-3